금오신화

금오신화

김시습 지음

일석이조 우리고전 읽기

홍신문화사

돌 하나를 던져 새 두 마리를 잡고, 마당 쓸고 동전 줍고, 도랑 치고 가재 잡고……. 모두 한 가지 일을 하여 두 가지 이득을 얻을 때 쓰는 말이다.

고전에, 한자에, 게다가 논술까지 공부할 수 있다면, 이는 일석이조가 아니라 일석삼조가 된다.

두 사람이 바둑을 둘 경우, 바로 앞의 수를 보는 사람보다는 한두 수 앞, 아니 그보다 더 멀리 내다보고 돌을 놓는 사람이 훨씬 유리하게 마련이다. 그런 의미에서 고전이나 한자나 논술이나 세 가지 모두 먼 장래를 내다본 포석이라고 할 수 있다. 당장 눈앞에 보이는 성과가 없어도, 꾸준히 공부하다 보면 그것이 내공이 되어 결정적일 때 큰 힘이 될 것이다.

국어사전에서 '고전'이라는 말을 찾아보면 '역사적으로 널리 인정되는 훌륭한 작품이나 저서'라고 풀이되어 있다. 고전 읽기의 필요성은 아무리 강조해도 지나치지 않다. 고전은 그 작품이 나온 시대를 대표하는 것으로서, 옛것을 들어 새것을 아는 데 고전 읽기보다 더 좋은 방법은 없다.

아무리 시간이 많이 흘러도 고전이 그 가치를 잃지 않는 이유는 그 속에 어떤 해답이 들어 있기 때문이 아니다. 고전의 참된 가치는 우리가 살아가는 데 반드시 알아야 할 삶의 문제에 가까워질 수 있도록 그 길을 열어 주는 것이다.

우리 고전에는 우리가 알고 있는 것보다 훨씬 다양하고 많은 작품들이 있다. 조선시대에 접어들면서 나타나기 시작한 소설만 하더라도 거의 4백여 편에 이른다. 이 '일석이조, 우리 고전 읽기' 시리즈에서는 그 가운데 가장 널리 알려지고 '영원히 읽을 만한 가치가 있는' 작품, 그러면서도 재미라는 요소를 빼놓지 않고 갖춘 작품을 골랐다.

우리말의 8할 이상은 한자어로 이루어져 있다. 그만큼 한자는 우리 문화와 역사 속에 깊이 뿌리를 내리고 있다. 그러나 암기 위주의 한자 공부는 오히려 한자에 대한 관심과 흥미를 떨어뜨려, 한자를 싫어하고 기피하는 현상을 초래할 수 있다.

이 '일석이조, 우리 고전 읽기'에서는 누구나 재미있게 한자 공부를 할 수 있도록 잘 알려진 고전에 한자를 삽입하여, 고전을 읽는 가운데 자연스럽게 한자를 익히게 했다.

거기에다가, 앞서 읽은 작품의 내용을 되짚어보고 여러 면으로 다양하게 생각해 보는 논술로 고전 읽기를 확실하게 마무리하도록 했다. 이와 같은 논술 공부는 장래 대학입시, 더 나아가서는 사회 진출을 위한 입사시험을 보는 데도 도움이 될 것이다. 지금부터 착실하게 기초를 다진다면, 발등에 불이 떨어진 후에 논술 과외를 하는 등 시행착오를 겪지 않아도 될 것이다.

꿈은 이루어진다고 했다. 고전의 달인, 한자의 명수, 논술의 영웅을 꿈꾸며 이 책의 첫 장을 넘겨 보라.

❶ 이 시리즈는 고전 중에서도 초 · 중 · 고 교과서에 수록된 작품, 그중에서도 지루하지 않고 재미있는 작품을 우선적으로 골라 엮었다.

❷ 한자는 8급부터 3급에 해당하는 1,817자 가운데(중학생용 한자 900자 포함) 각 권당 기본한자 22~24자, 단어 100여 개를 실어, 책 한 권을 읽고 나면 최소 200자 정도의 한자를 익힐 수 있게 했다.

❸ 본문 중 어려운 낱말은 주를 달아 각 면 아래쪽에 풀이해 놓았다.

❹ 본문 중 기본한자에 해당하는 말은 광수체(예 : 마을), 한자 단어 및 한자에 해당하는 말은 고딕체(예 : 적막)로 하고, 본문과 색깔을 달리하여 쉽게 구별할 수 있게 했다.

❺ 각 단원마다 두 면을 할애하여, 한 면에는 '핵심⁺'라 하여 작품의 구성, 내용, 저자, 시대적 배경 등 작품에 관계된 전반적인 사항을 다루고, 다른 한 면에는 본문 가운데 알아둘 필요가 있는 인명, 지명, 단어 등을 '알아두면 힘이 되는 상식'으로 풀이했다.
'호락호락 한자노트'로 각 면당 기본한자를 한 자씩 다루어, 부수, 총획수, 필순, 관련 단어, 사자성어, 파자, 속담 등 그 한자에 대한 모든 것을 한눈에 알 수 있게 했다.

❻ 책 말미 '부록'에서는 내용 되짚어 보기, 논술로 생각 키우기, 한자능력검정시험 예상문제 등으로 작품에 대한 완벽한 이해와 함께 한자 실력 향상을 도모할 수 있도록 했다.

금오신화 차례

만복사저포기

전라도 남원 어느 **마을**에 양씨 성을 가진 *서생이 있었다. 그는 일찍이 부모를 여의고 장가도 가지 못한 채 *만복사의 동쪽 방에서 혼자 살고 있었다.

그 방 앞에는 배나무 한 그루가 서 있었는데, 바야흐로 봄이 무르익어 배꽃이 활짝 피니 마치 붉은 구슬나무에 은이 가득 매달려 있는 것 같았다.

양생은 달이 밝은 밤이면 언제나 배나무 아래를 거닐면서 낭랑한 목소리로 시를 읊곤 했다.

한 그루 배꽃 나무 **적막**함을 함께하니
가련하게 외롭건만 달은 밝기만 하구나.
젊은이 홀로 누운 호젓한 창가로
어디선가 아름다운 임 피리를 불어 주네.
외로운 물총새는 홀로 날아가고
짝 잃은 원앙새 맑은 물에 몸을 씻네.
바둑돌 놓으며 인연을 그리다가

- **서생(書生)** : 별다른 벼슬 없이 책이나 읽고 지내는 젊은 남자.
- **만복사(萬福寺)** : 고려 문종 때 지은 절. 전라도 남원에 있다.

*등불로 점치고는 창가에 기대 있네.

시를 다 읊고 나자 별안간 공중에서 이상한 소리가 들려왔다.

"그대가 좋은 배필을 얻고자 한다면 무슨 근심할 것이 있겠는가."

양생은 그 소리를 듣고 마음속으로 기뻐했다.

이튿날은 바로 3월 24일이었다. 이 고을에서는 이 날이 되면 만복사에 가서 등불을 켜고 복을 비는 풍속이 있었는데, 젊은 남녀들이 절로 몰려가서 각기 자신의 소원을 빌었다.

해가 저물어 저녁 불공이 끝나자 사람들이 많이 돌아갔다. 양생은 그 틈을 타서 소매 속에 *저포를 품고 불상 앞에 섰다. 그는 저포를 던지기 전에 소원을 빌었다.

"제가 오늘 부처님과 더불어 저포놀이를 할까 합니다. 만약 제가 지면 불공을 드리겠습니다. 그러나 부처님께서 지신다면 아름다운 배필을 구해 주시어 제 소원을 이루어 주십시오."

빌기를 마치고 저포를 던지니 양생이 이겼다. 그는 곧 부

配 匹
나눌배 짝필
4급 10획 3급 4획

처님 앞에 꿇어앉아서 말했다.

"인연은 이미 정해졌습니다. 하오니 저버리지 마시기 바랍니다."

양생은 불상 밑에 숨어서 약속한 배필이 나타나기를 기다렸다.

잠시 후에 한 어여쁜 아가씨가 나타났는데, 나이는 열대여섯 살 정도 되어 보였다. 머리카락을 두 가닥으로 갈라서 늘어뜨리고 깨끗한 옷차림을 하고 있었다. 그 자태가 마치 하늘나라의 선녀와 같아서, 보면 볼수록 몸가짐이 엄숙하고 단정했다.

여인은 고운 손으로 등잔에 기름을 따라 불을 켜고, 향로에 향을 꽂은 후 세 번 절하고는 꿇어앉아 한숨을 쉬며 탄식했다.

"사람의 운명이 아무리 기구한들 나 같을 수 있을까?"

여인은 품속에서 축원문을 꺼내더니 탁자 위에 놓았다. 거기에는 다음과 같은 글이 적혀 있었다.

防 備
막을방 갖출비
4급 7획 4급 12획

아무 고을 아무 마을에 사는 소녀 아무개가 삼가 부처님께 아룁니다. 지난번 변방의 방비가 무너져 왜구가 쳐들어

왔을 때, 눈앞에 창과 방패가 난무하고 일년 내내 봉화가 피어올랐습니다. 왜적들은 마을에 불을 지르고 백성들을 잡아가니, 제 가족들은 뿔뿔이 도망치고 하인들도 사방으로 흩어졌습니다.

소녀는 냇버들처럼 가냘픈 몸이라 피난은 가지 못했지만, 규방 깊숙이 숨어 끝내 정절을 지키고 난리의 화를 피했습니다. 부모님께서는 여자로서의 절개를 잃지 않았다고 하여 한적한 시골에서 혼자 살게 해 주셨습니다.

그것도 이미 삼 년이 지났습니다. 저는 가을에 뜨는 달이나 봄날에 피는 꽃을 보며 아픈 마음으로 외롭게 살면서 하릴없는 나날을 보냈습니다. 깊은 골짜기에 외따로 떨어져 사는 삶을 한탄했고, 홀로 밤을 지새우며 짝 잃은 난새가 외로이 춤추는 것 같은 신세를 슬퍼했습니다.

이와 같이 세월이 가니 이제 혼백마저 사라져 버리고, 기나긴 여름날과 겨울밤에는 간담이 찢어지고 창자마저 끊어질 듯한 아픔을 느낍니다. 오직 대자대비하신 부처님께 비오니, 불쌍한 이 몸을 굽어 살피옵소서.

운명은 태어나기 전부터 정해져 있으며, 그 업보는 피할 수 없다고 했습니다. 제 타고난 운명에도 인연 있는 사람이

業 報
업업 갚을보
6급 13획 4급 12획

있을 것이니, 어서 배필을 정해 주시어 즐거움을 누릴 수 있기를 간절히 바랍니다.

　여인은 부처님께 빌며 흐느껴 울기 시작했다.
　양생은 불상 밑에서 아름다운 여인을 보고는 걷잡을 수 없는 마음에 뛰어나가 말을 걸었다.
　"조금 전에 부처님께 축원문을 올리셨지요? 무슨 일 때문입니까?"
　그는 여인이 올린 글을 읽고는 얼굴이 기쁨으로 가득 찼다.
　"아가씨는 누구십니까? 어찌하여 이런 곳에 홀로 왔습니까?"
　여인이 대답했다.
　"소녀도 사람입니다. 무슨 의심나는 일이 있습니까? 당신은 다만 아름다운 배필을 얻으면 됐지, 이름을 물을 필요는 없지 않습니까? 그렇게 서두를 것은 없습니다."
　이때 절은 이미 허물어져 승려들은 구석진 방에서 거처하고 있었다. 법당 앞에는 행랑채만 쓸쓸히 남아 있고, 행랑채 끝에는 좁은 판자방 하나가 있었다.

法 堂
법법 집당
5급 8획　6급 11획

양생이 여인을 그곳으로 이끄니, 여인은 별 주저함 없이 따랐다. 그들은 서로 즐거움을 나누었는데, 여인은 보통 사람과 조금도 다름이 없었다.

이윽고 밤이 깊었다. 달이 동산에 떠올라 달그림자가 창에 어른거렸다. 문득 발자국 소리가 들려왔다.

여인이 물었다.

"누구냐? 시녀가 왔느냐?"

侍 女
모실시 계집녀
3급 8획 8급 3획

散　策
흩을산 꾀책
4급 12획　3급 12획

"네, 접니다. 요즘 아가씨는 출타하시더라도 중문 밖을 나가지 않으셨고 산책을 하셔도 몇 걸음 걷지 않으셨는데, 어제 저녁에는 우연히 한 번 나가시더니 어찌 이 먼 곳까지 오셨습니까?"

이에 여인이 대답했다.

"오늘 일은 아마도 우연이 아닌가 보다. 하늘이 도우시고 부처님이 돌보셔서 고운 임을 만나 백년해로를 하기로 했느니라. 먼저 부모님께 알리지 않고 혼인을 하는 것은 비록 예법에 어긋나지만, 서로 즐거이 맞이하게 되니 이 또한 기이한 인연이라 할 것이다. 너는 집에 가서 앉을 자리와 술, 과일을 마련해 오너라."

시녀는 그 분부를 따라 돌아갔다.

이윽고 정원에는 술자리가 베풀어졌다. 시간은 *사경에 가까웠다.

시녀는 앉을 자리와 술상을 품위 있게 펼쳐놓았다. 음식은 넉넉하고 먹음직스러웠으며, 모든 물건에 호화로운 무늬라고는 찾아볼 수 없었다. 술에서는 진한 향기가 풍겨나왔고, 그 맛은 정말로 인간 세상의 것이라고는 볼 수 없었다.

• 사경(四更) : 하룻밤을 5등분한 넷째 시각. 대개 새벽 2시 전후.

양생은 비록 의심이 나고 괴이하게 여겼으나, 여인의 말씨와 웃음소리가 맑고 고우며 얼굴과 몸가짐이 얌전했으므로, 틀림없이 양갓집 처녀가 몰래 집을 빠져 나온 것이려니 여기고 더 이상 의심하지 않았다.

여인은 술잔을 내밀며 시녀에게 노래를 불러 술을 권하게 하고는 양생에게 말했다.

"이 아이는 옛 **곡조**밖에 모릅니다. 제가 새로운 곡을 하나 지어서 술을 권해 드려도 될까요?"

양생은 매우 기뻐하며 대답했다.

"좋습니다."

여인은 *만강홍 곡조에 맞추어 가사를 지어 시녀에게 부르게 했다.

曲 調
급을곡 고를조
5급 6획 5급 15획

쌀쌀한 이른 봄날 비단 적삼 아직 얇아
향로 꺼진 밤 애태운 게 몇 차례인가.
해저문 산은 붓으로 그린 눈썹 같고
저녁 구름 일산처럼 퍼졌는데
비단 장막 원앙금침에 함께 누울 이 없어
금비녀 반만 꽂고 퉁소를 부네.

• 만강홍(滿江紅) : 노랫가락의 이름.

애닳다, 세월이란 이다지도 빠르던가.

마음속 깊은 시름 답답하기 그지없네.

등불은 가물거리고 낮게 두른 병풍 가운데

헛되이 눈물짓는다 한들 그 누가 보아줄까.

즐거워라, 이 밤

*추연의 피리 소리에 봄이 오니

성처럼 쌓인 천고의 한을 후련히 깨고

가냘픈 옛 노래에 술잔을 기울이네.

애석하다, 그 옛날 한을 이제 와 생각하면

눈썹을 찡그리며 외로이 잘 수밖에.

노래가 끝나자 여인은 수심에 잠겨 말했다.

"일찍이 *봉래도에서 만나자는 약속은 어겼습니다만, 오늘 *소상에서 옛 낭군을 다시 보게 되었으니, 어찌 하늘이 준 행운이 아니겠습니까? 낭군께서 만일 저를 버리지 않으신다면 언제까지나 시중을 들겠습니다. 만일 소원을 들어주시지 않는다면 영원히 자취를 감추겠습니다."

양생은 이 말을 듣고 한편으로 감동하고 한편으로 놀라며 말했다.

• 추연(鄒衍) : 중국 전국 시대 제나라 사람으로, 음양오행설을 처음으로 주장했다. 추운 지방에서 추연이 피리를 불어 기후를 따스하게 했다는 고사가 있다.

• 봉래도(蓬萊島)에서 만나자는 약속 : 당(唐) 현종과 양귀비가 봉래도에서 만나기로 했다는 고사를 인용한 것이다.

• 소상(瀟湘) : 소강(瀟江)과 상강(湘江).

"어찌 당신의 말을 따르지 않으리요."

그러나 여인의 태도가 예사롭지 않았으므로, 양생은 그녀를 자세히 살펴보았다.

이때 달은 이미 기울어 서쪽 봉우리에 걸리고, 마을에서 닭 우는 소리가 들렸다. 절에서는 첫 종소리가 울렸다. 바야흐로 날이 밝아오는 것이었다.

여인이 시녀에게 말했다.

"너는 자리를 거두어 집으로 돌아가거라."

시녀는 대답하자마자 곧 사라졌는데, 어디로 갔는지 자취를 찾을 수 없었다.

여인이 양생에게 말했다.

"인연은 이미 정해졌으니, 낭군님과 함께 가도 상관이 없겠지요."

양생이 여인의 손을 잡고 마을을 지나가니, 개들은 울타리 밑에서 짖고 새벽인데도 길에는 사람들이 다녔다. 그러나 길 가던 사람들은 양생이 여인과 함께 걷고 있다는 깃을 알지 못하고 다만 이렇게 말했다.

"서생은 새벽부터 어디를 다녀오시오?"

양생이 대답했다.

"마침 만복사에서 술에 취해 누워 있다가 친구가 사는 마을을 찾아가는 길입니다."

날이 밝자 여인이 양생을 이끌고 깊은 숲을 헤치고 가는데, 이슬이 흠뻑 내려 길을 찾을 수 없었다.

양생이 물었다.

"어찌 거처하는 곳이 이렇소?"

여인이 대답했다.

"홀로 사는 여인의 거처는 본디 이런 법입니다."

여인은 다시 양생에게 시로써 농담을 걸었다.

*이슬 촉촉이 내린 길

어찌 하루종일 가지 않으랴만

이슬이 많음은 어쩌라구요.

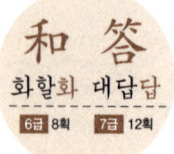

和答
화할화 대답답
6급 8획 7급 12획

• 이슬 촉촉이 …… 어쩌라구요 : 〈시경〉 '소남' 행로(行路)편의 앞부분.

• 외로운 여우 …… 갈팡질팡 : 앞의 두 구절은 〈시경〉 '위풍' 유호(有弧)편 중 일부이며, 뒤의 두 구절은 '제풍' 재구(載驅)편 중 후렴부.

양생도 이에 **화답**했다.

*외로운 여우

기수 다리 위에 어슬렁어슬렁

노나라로 가는 길 훤해

제나라 아가씨는 갈팡질팡.

시를 읊고 나서 두 사람은 한바탕 웃었다.

〈금오신화〉의 문학사적 의의

〈금오신화〉는 구우(瞿佑)의 〈전등신화〉의 영향을 받기는 했지만 결코 모방은 아니며, 우리 설화문학의 전통 속에서 탄생된 독창적 소설이다. 비현실적 세계를 무대로 한다는 점에서는 전기(傳奇)라 일컬을 만하다. 그러나 인간성을 긍정하고 현실 속에서 제도 · 인습 · 전쟁 · 인간의 운명 등과 강력하게 대결하는 인간의 의지를 표현했으며, 고려시대 설화문학을 계승하여 소설이라는 문학의 양식을 확립, 우리나라 소설의 출발점을 이룬다는 점과, 후대소설에 지대한 영향을 끼쳤다는 점에서 매우 중요한 문학사적 의의를 지니고 있다.

好樂好樂 한자 노트

마을촌 | 총 7획 | 부수 木 | 7급

나무(木) 숲을 의지하여 질서(寸) 있게 모여 사는 '마을'을 뜻하는 글자이다.

村老(촌로) : 시골에서 사는 늙은이.
村長(촌장) : 한 마을의 우두머리.
山村(산촌) : 산속에 있는 마을.
無醫村(무의촌) : 의사 및 의료 시설이 없는 곳.

놀며 배우는 파자놀이

집에서 돼지를 키우는 글자는?

≫ 답은 家(집 가). ⼧는 집, 豕는 돼지를 뜻한다.

중국에서 가장 오래된 시집이다. 황허강 유역의 여러 나라와 왕궁에서 부른 시가(詩歌) 305수를 실은 것으로, 《서경(書經)》·《역경(易經)》·《춘추(春秋)》·《예기(禮記)》와 함께 유교의 경전인 오경(五經)의 하나다. 서주(西周) 초기(기원전 11세기)에서 동주(東周) 중기(기원전 6세기)에 이르는 약 5백 년간의 작품들로 추측된다. 내용은 주(周)왕조의 비교적 안정되었던 시대에 걸맞은 밝은 서정시로부터 혼란기를 반영하는 어두운 서사시까지 다채로우나, 숫자상으로 가장 많은 것은 연애시이다.

이룰성 | 총 7획 | 부수 戈 | 6급

도끼 모양을 본뜬 술(戌)자와 장정(丁)자를 합친 글자. 도끼로 적을 평정하여 일을 '이루다'라는 뜻이다.

成功(성공) : 목적하는 바를 이룸.

成人(성인) : 자라서 어른이 된 사람.

成長(성장) : 사람이나 동식물 따위가 자라서 점점 커짐.

集大成(집대성) : 여러 가지를 모아 하나의 체계를 이루어 완성함.

놀며 배우는 파자놀이

곧 비가 올 것이라고 일러주는 것은?

》 답은 雲(구름 운). 雨는 비, 云은 이르다.

마침내 그들은 *개령동에 도착했다. 다북쑥이 들판을 덮고 가시나무가 공중에 늘어선 가운데 작지만 매우 화려한 집 한 채가 서 있었다. 양생이 여인을 따라 들어가니 이부자리와 휘장이 잘 정돈되어 있는데, 벌여놓은 품이 어젯밤과 같았다.

양생은 그곳에서 사흘을 머물렀다. 하루하루가 즐거웠다. 시녀는 아름다우면서도 교활하지 않았고, 그릇은 깨끗하면서도 사치스러운 문양이 없었다. 양생은 그곳이 인간 세상이 아니라는 생각이 들었으나, 여인의 극진한 정성에 마음이 끌려 더 이상 그런 생각을 하지 않았다.

여인이 말했다.

"이곳의 사흘은 인간 세상의 삼 년과 같습니다. 서방님은 이제 집으로 돌아가셔서 생업을 돌보십시오."

마침내 이별의 잔치가 시작되었다. 양생이 탄식했다.

"어찌 이별이 이다지도 빠른가?"

여인이 말했다.

"오늘은 이별하더라도 곧 다시 만나 평생의 소원을 풀 것입니다. 오늘 서방님이 이런 누추한 곳까지 오시게 된 것

• 개령동(開寧洞) : 거령현(居寧縣)인 듯하지만 분명하지 않다.

은 **반드시** 정해진 인연이 있었기 때문입니다. 제 친구들을 한번 만나보시지 않겠습니까?"

"네, 좋습니다."

양생이 대답하자 여인은 곧 시녀를 시켜 친구들에게 소식을 전하게 했다.

모인 사람은 정씨, 오씨, 김씨, 유씨 등 네 명의 여인이었다. 모두 지체 높은 **귀족**의 딸들로 여인과 한마을에 사는 친척 처녀들이었다. 온화한 성품에 자태는 아름다웠으며, 총명하고 글솜씨가 뛰어났다. 그들은 모두 칠언 절구 네 수씩을 지어 양생을 전송했다.

정씨는 활달한 여인인데, 구름처럼 쪽찐 머리카락은 귀밑을 가리고 있었다. 그녀는 한 번 숨을 내쉬더니 즉흥시를 읊었다.

貴　族
귀할귀　겨레족
5급 12획　6급 11획

꽃피는 봄밤에 달빛이 아름다운데
시름으로 보낸 세월 몇 해인가.
이 몸 죽어 *비익조나 된다면
쌍쌍이 희롱하며 하늘 아래 춤출 것을.

• 비익조(比翼鳥) : 전설상의 새. 암수가 각각 눈 하나와 날개 하나만을 가지고 있어, 쌍을 이루어야 하늘을 날 수 있다고 한다.

등불은 스러지고 밤은 이다지도 쓸쓸한데
북두성 기울고 달도 반쯤 비꼈네.
쓸쓸한 나의 침소 아무도 찾지 않고
푸른 적삼 구겨지고 귀밑머리 헝클어졌네.

매화 열매 떨어지듯 속절없이 깨진 가약
봄바람이 건듯 부니 모든 것 끝났네.
베갯머리 눈물 자국 얼마나 번졌던가
뜰 가득 내리는 비에 배꽃이 지네.

오직 한 번 청춘을 덧없이 보내고서
적막한 산에서 몇 밤을 지샜을까.
*남교에 지나는 길손 볼 길 없으니
어느 때에 배항처럼 운교부인 만나볼까.

感 興
느낄감 일흥
6급 13획 4급 16획

••••••••••••••
• 남교(藍橋) : 중국의 섬
서성 남전현 동남쪽에 있
는 땅 이름. 당나라 때 배
항(裵航)이 운교부인(雲翹
夫人)이 일러준 대로 이곳
에서 운영(雲英)을 만났다
는 고사가 있다.

오씨는 쪽찐 머리에 요염하고도 날씬한 몸매를 가진 여
인이었다. 그녀는 넘쳐오르는 감흥을 이기지 못하고 뒤를
이어 읊었다.

부처님께 향 피우고 돌아와
가만히 던진 저포 그 뜻 누가 알리
봄꽃 가을달에 끝없이 솟는 한
임이 주신 한잔 술로 씻어나 보세.

새벽 이슬 복숭아꽃 흠뻑 적셨건만
깊은 골 한창 봄에도 나비는 오지 않네.
기뻐라, 이웃집은 정인을 만났다고
새 노래 다시 부르며 금술잔 오고가네.

해마다 오는 제비 봄바람에 춤추는데
애끓는 내 사랑 부질없이 되었구나.
부러워라, 부용꽃은 꽃받침도 나란히
깊은 밤 못 속에서 함께 목욕하네.

青 春
푸를청 봄춘
8급 8획 7급 9획

푸른 산 그윽한 곳 누각 인에
*연리지에 맺힌 꽃 진정 붉건만
서럽다, 내 인생 나무만도 못하니
박명한 이 청춘은 눈물만 고이네.

• 연리지(連理枝) : 중국의
전국시대 한풍(韓馮) 부부
의 무덤에 났다는 두 그
루 가래나무. 생전의 부부
의 정이 나무에 배어, 나
뭇가지가 서로 얽혀 한
나무처럼 되었다고 한다.

김씨는 몸가짐을 바로하고 엄전한 태도로 붓에 먹을 찍더니, 앞의 시가 너무 음탕하다고 책망하며 말했다.

"오늘의 모임에서는 많은 말을 할 필요가 없습니다. 다만 이 자리의 광경만 읊어야 할 텐데, 어찌 마음의 정회를 털어놓아 그 절조를 잃고, 우리의 생각을 인간 세상에 전한단 말입니까."

그녀는 낭랑한 목소리로 시를 읊었다.

情 懷
뜻 정 품을 회
5급 11획 3급 19획

두견새 울고 간 오경 깊은 밤
희미한 은하수 동쪽으로 기우네.
옥퉁소 다시 불지 말 것을
이 풍정 사람들 알까 두렵네.

한 잔 가득 좋은 술을 금잔에 담고
취하도록 잡수시오, 술이 많다 사양 마오.
내일 아침 샛바람 사납게 불면
한 조각 봄풍경 꿈처럼 사라지리.

초록 소매 부드러이 드리우고

음악소리 들으면서 백 잔 술 마시네.
맑은 홍취 풀기 전엔 돌아가지 못할지니
가사를 다시 지어 새 곡조를 부르리라.

구름 같은 고운 머리 흙이 된 지 몇 해일까.
오늘에야 임 만나 한번 웃어 보네.
*고당의 정사를 신비하다 자랑 마오.
풍류스러운 이 사연 인간 세상에 전해지리.

유씨는 엷은 화장에 흰 옷이 그다지 화려하지는 않았으
나 법도가 있었다. 침묵을 지키고 말을 하지 않더니, 미소
를 지으며 시를 지어 종이에 적었다.

굳은 정절 지켜온 지 몇 해일까.
옥 같은 고운 모습 구천에 깊이 묻고
봄밤이면 언제나 *항아처럼
계수나무꽃 핀 옆에서 홀로 잠들었네.

우습구나, 도리화는 봄바람 속에서

• 고당(高唐) : 초(楚)나라
양왕(襄王)이 꿈속에서 선
녀를 만나 정사를 나누었
다는 누대 이름.

• 항아(姮娥) : 달 속에 산
다는 선녀.

이리저리 흩날려 남의 집에 떨어지네.
한 점 더러움도 없었던 일생
*곤륜산 옥에 티라도 생기려나.

지분을 게을리해 머리는 다북쑥 같고
먼지 앉은 경대에는 *동록이 생겼네.
다행히 오늘 아침 이웃에 잔치 있어
족두리 붉은 꽃은 보기만 해도 부끄럽네.

저 낭자 이제야 고운 임 만났으니
하늘이 내린 인연 영원히 향기로우리.
*월로의 붉은 줄에 이미 묶였으니
영원히 *홍광처럼 사랑하며 사옵소서.

양생과 정을 나눈 여인은 유씨가 읊은 마지막 시구에 감동하여 앞으로 나오며 말했다.
"저도 글재주는 보잘것없지만 자획은 대강 분별할 줄 압니다. 저 혼자 가만히 있을 수 있겠습니까."
여인은 곧 시를 지어 읊었다.

• 곤륜산(崑崙山) : 예부터 좋은 옥이 많이 난다는 서장(西藏)에 있는 산.

• 동록(銅綠) : 구리의 거죽에 슨 푸른 녹.

• 월로(月老) : 월하노인(月下老人)의 준말. 남녀의 인연을 맺어 주는 신인.

• 홍광(鴻光) : 양홍(梁鴻)과 맹광(孟光). 양홍은 후한 때의 가난한 선비로 부유한 집 딸인 맹광과 결혼했는데, 맹광은 양홍의 뜻에 따라 평생을 검소하게 살았다고 한다.

개령동 깊은 골에 봄시름 홀로 안고
꽃 지고 꽃 피고 온갖 근심 품었어라.
*초협 구름 속에 임을 볼 수 없어
*상강 대나무 숲에서 눈물 글썽였지.

抱
안을 포
3급 8획

강 맑고 화창한 날 원앙은 짝을 짓고
푸른 하늘 구름 걷히니 물총새는 노니누나.
좋구나, *동심결을 우리도 맺어 보세.
가을날 부채처럼 이 몸을 버리지 마오.

양생도 또한 글을 잘하는 사람이었다. 그는 여인들의 시
법이 깨끗하고 고상하며 음운이 아름다움을 보고 감탄하
여 칭찬해 마지않았다. 그는 즉석에서 재빨리 고체시 한
편을 지어 화답했다.

- 초협(楚峽) : 중국 사천
성(四川省) 무산협(巫山峽).

- 상강(湘江) : 중국의 강
이름. 순(舜)임금이 죽자
두 비 아황과 여영이 상
강 대나무숲에서 울었다
는 고사가 있다.

이 밤은 어떤 밤일까, 이렇게 선녀들을 보나니
꽃 같은 얼굴이 어찌나 예쁜지 붉은 입술은 앵두 같구나.
문장은 더욱 교묘하니 *이안도 아무 말 못하리.
직녀가 북 던지고 하늘에서 내려왔을까

- 동심결(同心結) : 마음이
변치 않기로 다짐한 부부
의 맹세.

- 이안(易安) : 중국 송나
라 때의 여류시인 이청조
(李淸照)의 호.

항아가 공이를 버리고 *청도를 떠났을까.

*대모연 곱게 깔리고

깃털 잔 오가는 흥거운 술자리.

비록 *운우의 정 익숙하진 못할망정

술 한두 잔에 시 읊으니 서로가 즐거워.

기쁘도다, 우연히 봉래도를 찾았도다.

여기가 선계인가, 풍류의 벗을 만났구나.

옥 같은 맑은 술 술통에 가득하고

은은한 용뇌향 금향로에 담겨 있네.

백옥상 앞에 향내 분분하고

푸른 깁 모기장에 미풍 살랑살랑

이제야 임을 만나 잔치를 열게 되니

오색 구름 뭉게뭉게 찬란하기 그지없네.

그대는 모르는가, *문소 채란의 만남과

*장석 난향의 만남을.

사람이 서로 만나는 것은 인연이 있기 때문인 것을

마땅히 술잔 들어 나른하도록 취해 보세.

여인이여, 어찌 그리 가벼운 말을 하는가.

가을 부채처럼 버린다는 서운한 말 거둬 주오.

因 緣
인할인 인연연
5급 6획 4급 15획

• 청도(淸都) : 하늘나라의 수도.

• 대모연(玳瑁筵) : 바다거북의 껍질인 대모로 장식한 자리.

• 운우(雲雨)의 정 : 남녀 간의 육체적인 사랑.

• 문소(文簫) 채란(彩鸞)의 만남 : 진(晉)나라 때의 서생 문소가 선녀 채란을 만나 부부가 되었다는 고사.

• 장석(張碩) 난향(蘭香)의 만남 : 한(漢)나라 때 신선 장석이 선녀 난향을 만나 부부가 되었다는 고사.

영원히 환생하여 배필이 되어

꽃피고 달 밝을 때 이별 없이 살아 보세.

마침내 잔치가 끝나고 이별의 시간이 다가왔다. 여인이
은주발 하나를 꺼내더니 양생에게 주면서 말했다.

"내일 보련사에서 부모님께서 제게 음식을 내려주시기
로 했습니다. 만약 저를 버리지 않으실 거라면, 그 길가에
서 계시다가 함께 절로 가셔서 부모님께 인사를 드려 주십
시오."

"좋소."

이튿날 양생은 여인이 말한 대로 은주발을 들고 보련사
로 가는 길가에서 기다리고 있었다.

과연 어떤 지체 높은 집안에서 딸의 *대상을 치르기 위
해 수레와 말을 줄줄이 이끌고 보련사로 가고 있었다.

그때 은주발을 들고 길가에 서 있는 서생을 본 종이 주인
에게 말했나.

"아가씨의 장례 때 함께 묻었던 그릇을 어떤 사람이 가
지고 있습니다."

"뭐라고?"

• 대상(大祥) : 죽은 지 두
돌 만에 지내는 제사.

"저 서생이 가지고 있는 은주발을 보십시오."

주인은 말을 몰아 양생에게로 다가갔다. 그리고 은주발을 가지고 있는 연유를 물었다. 양생은 그 전날 여인과 약속한 바를 그대로 이야기했다.

여인의 부모는 놀라고 의아한 표정을 짓더니 잠시 후 입을 열었다.

"내 슬하엔 단지 딸 하나만 있었네. 그런데 왜구가 쳐들어왔을 때 난리통에 그만 목숨을 잃고 말았지. 정식으로 장례도 치르지 못한 채 개령사 옆에 묻어 주고 오늘에 이르게 되었네. 오늘이 벌써 대상날이라 절에서 재를 올려 명복이나 빌어줄까 해서 가는 길일세. 자네가 약속을 지키려거든 내 딸을 기다리고 있다가 같이 오게. 그리고 조금도 놀라지 말게."

말을 마친 주인은 먼저 보련사로 떠났다. 양생은 그 자리에 우두커니 서서 여인을 기다렸다. 약속한 시간이 되자 과연 그 여인이 시녀를 데리고 하늘거리며 오는 것이 보였다. 그들은 손을 잡고 기뻐하며 보련사로 갔다.

여인은 절 안에 들어서자 부처님께 절을 올리고 하얀 장막 안으로 들어갔다. 부모와 친척, 승려들은 모두 그녀를 보지 못했다. 오직 양생의 눈에만 보일 뿐이었다.

여인이 양생에게 말했다.

"진지나 드시지요."

양생은 여인의 말을 그녀의 부모님께 전했다. 그 부모는 시험삼아 함께 밥을 먹도록 했다. 다만 수저가 그릇에 부딪치는 소리만 들렸는데, 인간이 먹는 것과 다를 바가 없었다. 여인의 부모는 이에 경탄해 마지않더니, 양생에게 장막 옆에서 여인과 함께 자도록 권했다.

밤중에 양생과 여인의 이야깃소리가 들렸지만, 사람들이 가만히 엿들으려 하면 갑자기 **중지**되곤 했다.

여인이 양생에게 말했다.

中 止
가운데중 그칠지
8급 4획 5급 4획

"제 행동이 법도를 어겼다는 것은 잘 알고 있습니다. 어릴 때《시경》과《서경》을 읽었으므로 예의에 대해서는 대강 알고 있습니다. 그러나 다북쑥 우거진 깊은 골에 너무 오랫동안 묻혀 버림받은 몸이 되고 보니, 사랑의 욕구가 피어올라 걷잡을 수 없었습니다. 지난번 절에 가서 부처님께 향불을 올리고 박명한 인생을 탄식했더니, 뜻밖에도 *삼세의 인연을 만나게 되었습니다. 검소한 아낙으로서 서방님을 받들고 평생 절개를 지키며, 술을 빚고 옷을 꿰매며 평

• 삼세(三世) : 불교에서 말하는 전세(前世), 현세(現世), 내세(來世).

만복사저포기 | **33**

생 지어미의 도리를 다하려 했습니다. 그러나 한스럽게도 업보는 피할 수 없어 저승으로 가야만 합니다. 채 즐거움을 다하지도 못했는데 슬픈 이별이 닥친 것입니다.

　이제는 저도 떠나야 합니다. 구름과 비가 *양대에서 떠나듯, *까마귀 까치들이 하늘 나루를 떠나듯 우리도 헤어져야 하니, 훗날 다시 만날 것을 기약할 수 없습니다. 이처럼 이별이 닥치니 처량하고 아득하여 어찌할 바를 모르겠습니다."

　여인의 혼이 떠날 때 울음소리가 끊이지 않더니, 혼이 문 밖에 이르러서는 은은한 노랫소리만 들려왔다.

저승 가는 길 촉박하니
애닯게 떠나야 하네.
우리 임에게 비오니
날 버리지 마소서.

슬프도다, 우리 부모
내 배필 못 구했으니
아득한 구천에서

凄 凉
쓸쓸할처 서늘할량
1급 10획　3급 10획

• 양대(陽臺) : 무산 선녀와 양왕이 만나던 곳.

• 까마귀 …… 떠나듯 : 견우와 직녀가 만날 때 오작교(烏鵲橋)가 되었던 새들이 만남이 끝난 후 흩어지는 것을 가리킨다.

마음에 한이 맺히겠네.

  노랫소리가 점점 작아지면서 목메어 우는 소리와 분별할
수가 없게 되었다. 여인의 부모는 그제야 모든 일이 사실임
을 알고 더 이상 의심하지 않았다. 양생 또한 그 여인이 귀
신임을 알고는 더욱 슬픔이 북받쳐 여인의 부모와 함께 머
리를 맞대고 울었다.
  여인의 부모가 양생에게 물었다.
  "은주발은 자네가 알아서 하게. 그리고 내 딸 몫으로 남
겨둔 밭 몇 경과 노비 몇 명을 신표로 줄 테니, 자네는 그것
을 받고 내 딸을 잊지 말게."
  이튿날 양생은 고기와 술을 가지고 개령동을 찾아갔다.
그곳에는 과연 임시로 만든 듯한 무덤 하나가 있었다. 양생
은 제물을 차려놓고 슬피 울며 그 앞에서 지전을 불사르고
장례를 치렀다. 그리고 제문을 지어 조상했다.

紙 錢
종이지 돈전
7급 10획 4급 16획

  오오, 임이여. 당신은 태어날 땐 온순했고 자라면서는
얼굴이 맑디맑았소. 모습은 *서시 같았고, 문장은 *숙진을
능가했소. 규방 밖을 나가지 않고 언제나 가정의 교훈을 고

• 서시(西施) : 중국 월(越)
나라의 미인으로, 오왕(吳
王) 부차의 애첩이 되었다.

• 숙진(淑眞) : 중국 송(宋)
나라 때의 여류시인 주숙
진(朱淑眞)을 가리킨다.

이 따르려 애썼소. 난리를 만나 옥 같은 정조를 지켰지만 끝내 왜구의 손에 목숨을 잃었구려. 다북쑥 무성한 골에 홀로 묻혀 지내면서, 꽃피고 달 밝은 밤에는 마음을 상했겠지. 봄바람에 애가 끊어지면 두견새의 피울음을 슬퍼했고, 가을밤 찬 서리엔 버려진 부채를 보며 탄식했겠구려. 지난 날 하룻밤 나눈 정으로 두 마음이 목화 송이처럼 얽혔으니, 비록 이승과 저승이 다르지만 물과 고기의 만남처럼 즐거웠소. 장차 백년을 함께 지내려 했건만, 하루저녁에 헤어지니 어찌 슬프고 원통하지 않으리.

당신은 달나라에서 난새를 타는 선녀가 되고 무산에 비를 내리는 신녀가 될 것이니, 땅이 어두워서 돌아오기도 어렵고 하늘이 아득해서 바라보기도 어렵겠구려. 나는 집에 들어가도 그저 멍하니 지내고, 밖으로 나가도 아득하여 갈 곳이 없다오. 영혼을 모신 휘장을 볼 때마다 얼굴을 가리고 울게 되고, 좋은 술을 마실 때는 마음이 더욱 슬퍼지겠지. 정숙한 그 모습 눈에 선하고, 낭랑한 그 음성은 귓가에 맴도네.

아아, 슬프구려. 총명한 당신의 성품, 정기 어린 당신의 기상, 몸은 비록 흩어져 사라졌지만, 혼령이야 어찌 없어

鳴
울 명

4급 14획

지겠소? 내게 응답하고 이곳으로 내려와 뜰에 오르고, 어쩌면 내 옆에 있겠지요. 비록 저승과 이승은 다르지만, 이 글을 읽는 당신은 감동하리라 믿소.

장례를 지낸 후에도 양생은 사모하는 마음과 슬픔을 이기지 못했다. 그는 집과 땅을 모두 팔고 절로 들어가서 사흘 저녁 불공을 올렸다.

思 慕
생각 사 그릴 모
5급 9획 3급 15획

그러자 여인이 공중에 나타나 말했다.

"서방님이 정성껏 올리신 불공 덕에 저는 이미 다른 나라에서 남자의 몸으로 태어났습니다. 비록 저승과 이승이 가로막혀 있지만, 서방님의 은혜에 깊은 감사를 드립니다. 서방님께서도 이제 다시 착한 업을 닦으시어 저와 함께 속세의 티끌에서 벗어나십시오."

그후 양생은 결혼하지 않고 지리산에 들어가 약초를 캐면서 살았다. 그가 언제 어디서 세상을 떠났는지는 알 수 없다.

《전등신화(剪燈新話)》

《금오신화》에 영향을 주었다고 전해지는 중국 명(明)나라 초의 전기체(傳奇體) 단편소설집이다. 구우(瞿佑)가 지었고, 4권 20편과 부록 1편으로 이루어져 있다. 본래는 《전등록(剪燈錄)》이라 하여 전40권이 었으나, 지은이가 유배되었을 때 거의 없어졌다. 뒤에 한 지방관리가 남은 것들을 모아 유배지로 찾아가 지은이의 교열을 받았다. 여기에 지은이가 부 록 1편을 추가한 것이 지금의 작품이다. 21편의 이야기는 각각 특색 있는 괴 기담(怪奇談)으로서 당나라 전기소설 계통을 따랐는데, 괴기와 연정이 교차 하는 세계를 아름다운 필치로 쓰고 있다.

好樂好樂 한자 노트

반드시필 | 총 5획 | 부수 心 | 5급

마음(心)에 말뚝(丿)을 치듯이 결심하고 '꼭' 한다 는 뜻의 글자이다.

必讀(필독) : 반드시 읽어야 함.

必勝(필승) : 반드시 이겨야 함.

必死的(필사적) : 죽을 각오로 열심히 하는.

必要惡(필요악) : 없는 것이 바람직하지만 사회적인 상황에서 어쩔 수 없이 요구되 는 악.

내가 찾은 사자성어

믿을신 상줄상 반드시필 벌할벌

信賞必罰
신　상　필　벌

내용 》 공이 있는 사람에게는 반드시 상 을 주고, 죄가 있는 사람에게는 반드시 벌 을 줌.

고체시(古體詩)

고시(古詩) 혹은 고풍(古風)이라고도 한다. 고체시라는 말은 육조시대(六朝時代)에 그 이전의 고대시라는 뜻으로, 주로 한대(漢代)의 시를 가리켰다. 당나라 때 근체시(近體詩)가 완성된 이후에는 근체시에 대한 고대의 시, 즉 태고 때부터 수나라 때에 이르는 모든 시를 뜻하게 되었다. 고체시는 근체시에 비해 그 형식이 매우 자유롭다. 시의 길이와 압운(押韻)이 자유롭고, 각 장의 구수(句數)도 일정하지 않으며, 구성상의 규칙도 없다.

알지 | 총 8획 | 부수 矢 | 5급

사람의 말(口)을 화살(矢)처럼 빠르게 '알아듣는다'는 뜻으로 된 글자이다.

知己(지기) : 자기의 속마음을 참되게 알아 주는 친구.

知人(지인) : 아는 사람.

感知(감지) : 느끼어 앎.

親知(친지) : 서로 잘 알고 가깝게 지내는 사람.

내가 찾은 속담

아는 길도 물어 가랬다

≫ 쉬운 일일지라도 신중을 기하여 실수가 없게 해야 한다는 말.

이생규장전

송도 *낙타교 옆에 이씨 성을 가진 서생이 살고 있었다. 나이 열여덟에 풍채가 말쑥하고 타고난 재주가 비상했다. 일찍부터 *국학에 다녔는데, 길을 가면서도 시서를 읽었다.

*선죽리의 지체 있는 집안에는 최씨 성을 가진 처녀가 살았다. 나이는 열대여섯쯤 되었는데, 맵시가 곱고 수도 잘 놓았으며 시와 문장에도 능했다.

세상 사람들이 이렇게 그들을 칭찬했다.

풍류스러운 이 공자여
아리따운 최 낭자여
그 재주 그 얼굴
먹지 않아도 배부르구나.

이생은 국학에 갈 때마다 **항상** 최씨네 집 앞을 지나다녔다. 그 집 북쪽 담 밖으로 간들거리는 수양버들 수십 그루가 둥글게 둘러싸고 있었다.

恒 常
항상 항 항상 상
3급 9획 4급 11획

• 낙타교(駱駝橋) : 옛날 개성에 있던 다리 이름.

• 국학(國學) : 성균관(成均館)을 이른다. 개성 탄현문 안에 있었다.

• 선죽리(善竹里) : 개성 선죽교 부근에 있던 마을 이름.

어느 날 이생은 그 수양버들 아래에서 쉬다가 담장 안을 엿보았다. 꽃들이 활짝 핀 정원에는 벌들이 붕붕거리고 새들이 지저귀고 있었다. 그 옆에는 꽃숲 사이로 작은 누각이 아른거렸다. 구슬발이 반쯤 가린 누각에는 비단 휘장이 낮게 드리워졌는데, 한 아름다운 여인이 수를 놓다가 잠시 손을 멈추더니 턱을 괴고 시를 읊었다.

사창에 기대앉아 수놓기도 더딘데
꽃숲 속에서 지저귀는 꾀꼬리.
소리 없는 봄바람을 부질없이 원망하며
조용히 바늘을 멈추고 생각에 잠겨 있네.

저기 가는 저 총각은 뉘 집 도련님일까.
푸른 깃 넓은 띠 버들가지 사이로 비치네.
이 몸이 변해 제비라도 된다면
구슬발 사뿐 걷고 담장을 넘어기리.

이생은 그 시를 듣고 자기의 재주를 자랑하고 싶은 마음에 안달이 났다. 그러나 그 집의 담은 높고 가파르며 안채는 깊숙한 곳에 있었다. 그는 다만 서운한 마음을 품은 채 국학으로 갔다.

그는 돌아오는 길에 흰 종이 한 폭에 시 세 수를 써서 기와 조각에 매달아 담장 안으로 던졌다.

무산 열두 봉에 첩첩이 싸인 안개
그 위로 솟은 봉우리 붉고도 푸르구나.
양왕의 외로운 꿈 수고롭게 하지 마오.
구름 되고 비가 되어 양대에서 만나보세.

*사마상여가 되어 탁문군 꾀어내듯
마음속 품은 생각 이미 넘쳐흘렀네.
담장 위에 **만발**한 붉은 도리화 요염한데
바람 불어 꽃이 지니 흩어진 곳 어디일까.

滿 發
찰만 필발
─────────
4급 14획 **6급** 12획

좋은 인연 되려는지 궂은 인연 되려는지
부질없는 이내 시름 하루가 한 해 같네.
스물여덟 자 시로써 인연을 맺었으니
남교 어느 날에 신선을 만날까.

• 사마상여(司馬相如) : 중국 전한(前漢) 때의 문인. 시에 능했으며, 탁문군(卓文君)과의 사랑 이야기가 유명하다.

최씨 처녀가 몸종 향아를 시켜서 그 편지를 가져오게 하여 읽어 보았다. 바로 이생이 **지은** 시였다. 그녀는 그 시를 두세 번 거듭 읽고는 마음이 즐거워져 종이쪽지에 몇 자 적어 담장 밖으로 던졌다.

'도련님은 의심하지 마십시오. 황혼에 만납시다.'

黃 昏
누를황 어두울혼
6급 12획 3급 8획

황혼이 되자 이생은 최씨 처녀의 집으로 찾아갔다. 담장 아래 이르니 문득 복숭아 꽃가지 하나가 넘어와 흔들거렸다. 다가가서 살펴보니 그넷줄에 매달린 대바구니가 담 밖으로 드리워져 있었다. 이생은 그 줄을 잡고 담을 넘어갔다.

마침 달이 동산에 떠오르고 꽃그림자가 드리워지며 맑은 향내가 그윽하게 풍겨 왔다. 이생은 신선계에 들어온 것처럼 느껴져 은근히 즐거웠지만, 사랑을 위해 몰래 숨어 들어온 일을 떠올리자 머리털이 곤두섰다.

좌우를 둘러보니, 최씨 처녀가 꽃떨기 속에서 시녀 향아와 함께 꽃을 꺾어 머리에 꽂고는 구석진 곳에 자리를 마련하고 앉아 있었다. 최씨 처녀가 이생을 보고 미소를 지으면서, 시 두 구절을 먼저 읊었다.

도리나무 얽힌 가지 꽃송이는 탐스럽고
원앙금침 위엔 달빛도 고와라.

이생이 뒤를 이어 읊었다.

어느 땐가 봄소식이 새나간다면
무정한 비바람에 또한 가련해지리.

최씨 처녀는 곧 얼굴빛이 변하면서 말했다.
"저는 본디 도련님과 부부가 되어 영원히 즐거움을 누리려고 했습니다. 그런데 도련님께서는 어찌 그런 말씀을 하십니까? 저는 비록 여자의 몸이지만 아무 걱정 없이 의연한데, 장부의 의기를 가지고 어찌 그런 말씀을 하십니까? 뒷날 규방의 일이 알려져 부모님께 꾸지람을 듣더라도 저혼자 감당하겠습니다. 향아야, 방에 들어가 술과 안주를 내오너라."

향아가 분부를 받고 가 버리자, 사방이 고요하여 사람의 소리라고는 들리지 않았다.
이생이 최씨 처녀에게 물었다.

"여기가 어디입니까?"

"이곳은 저희 집 뒷동산에 있는 작은 누각 아래이지요. 저희 부모님께서 외동딸인 저를 사랑하시어 부용지 못가에 이 누각을 지어 주셨습니다. 봄이 되어 아름다운 꽃들이 활짝 피면 시비와 함께 그 경치를 즐기도록 하신 것입니다. 부모님은 집안 깊숙한 곳에 거처하시니, 아무리 웃으며 크게 이야기해도 쉽게 들리지는 않을 것입니다."

여인은 이생에게 술을 한 잔 따라 권하면서 고풍시 한 편을 읊었다.

勸
권할 권
4급 20획

부용못 푸른 물을 난간에서 굽어보니
물 위 연꽃 무리 사람과 함께 속삭이네.
향기로운 안개 자욱하고 봄빛은 화창한데
새 노래 지어 *백저를 부르도다.
꽃그늘에 달빛이 비껴 방석에 스며들고
긴 가지 잡아당기니 붉은 꽃비가 떨어지네.
바람이 향내를 날려 옷자락에 묻어나고
첫봄 맞은 여인 봄볕 속에 춤추네.
비단 소매 가볍게 해당화를 스쳤다가
꽃 사이에 졸고 있던 앵무새만 깨웠네.

이생도 곧 시를 지어 화답했다.

우연히 찾은 도원에 복숭아꽃 만발하니
사모하는 이 내 마음 말로 다 할 수 없네.
구름같이 쪽찐 머리에 금비녀 낮게 꽂고
산뜻한 봄 적삼 새로 지어 푸르구나.
봄바람 산들 불어 꽃가지를 꺾었으니
많고 많은 꽃가지에 비바람아 불지 마오.

方 席
모방 자리석
7급 4획 6급 10획

• 백저(白紵) : 백저사(白紵詞). 진(晉)나라 때의 악부 이름으로, 남녀간의 애정을 노래한 곡.

나부끼는 선녀의 소맷자락 살랑살랑 흔들리고
계수나무 그늘 속에선 항아가 춤을 추네.
좋은 일 마치기 전엔 시름이 따르나니
함부로 새 곡조 지어 앵무새 깨우지 마오.

이생이 읊기를 마치자, 여인이 말했다.

"오늘 일은 분명 작은 인연이 아닙니다. 도련님은 저를 따라오셔서 두터운 정을 맺는 것이 좋겠습니다."

말을 마치고 여인이 북쪽 창문으로 들어가자 이생도 그 뒤를 따라갔다. 누각에 달린 사다리를 타고 올라가니 다락이 나타났다. 그 안에는 문방제구와 책상이 깔끔하게 정리되어 놓여 있었으며, 한쪽 벽에는 안개 자욱한 강 너머로 첩첩한 산봉우리가 그려진 한 폭의 그림과 그윽한 대숲과 고목을 그린 그림 한 폭이 걸려 있었다. 모두 유명한 그림들이었다. 그림 위에는 시가 씌어 있었는데, 누가 지은 것인지는 알 수 없었다.

窓 門
창창 문문
6급 11획 8급 8획

첫째 그림에 쓰여진 시는 이러했다.

그 누가 붓 끝에 힘이 넘쳐

깊은 강 첩첩한 산을 이렇게 그렸을까.

웅장도 해라, 삼만 길의 저 *방호산

아득한 구름 사이로 솟아나니 높고도 높구나.

산자락 멀리 몇백 리까지 뻗었는데

눈앞에 솟은 모양 푸른 소라처럼 보이네.

드넓은 푸른 물결 하늘가에 닿았는데

저녁노을 바라보니 **고향** 생각 그지없네.

그림을 보고 나니 마음이 쓸쓸해져

상강 비바람에 배 띄운 듯하네.

또 다른 그림에는 이렇게 씌어 있었다.

그윽한 대숲에선 가을 소리 들리는 듯

우뚝 솟은 고목 사모의 정을 품은 듯

구부러진 뿌리엔 푸른 이끼 끼어 있고

늙은 저 가지는 바람 서리 이겨 왔네.

가슴속에 담겨 있는 조화가 끝없으니

묘한 이 풍경을 누구와 더불어 이야기할까.

故 鄉
연고고 시골향
4급 9획 4급 13획

• 방호산(方壺山) : 방장산,
봉래산, 영주산과 함께 신
선이 산다는 산.

*위언과 여가 이미 죽었으니
드높은 조화로움 아는 사람 몇이나 될까.
활짝 갠 창 너머로 그윽히 마주보니
삼매경에 든 필법 볼수록 사랑스러워라.

한쪽 벽에는 사시의 경치를 읊은 시가 각각 네 수씩 붙었
는데, 그 또한 누가 지었는지 알 수 없었다. 글씨는 *송설
을 본받아 서체가 매우 정교하고 단정했다.

그 첫째 폭에 쓰인 시는 이러했다.

부용장 은은한 향기 실처럼 걸려 있고
창 밖에는 살구꽃 비 내리듯 뿌려지네.
누대에서의 하룻밤 꿈 새벽 종소리에 깨고 보니
개나리꽃 무성한 둑에 때까치 울어대네.

제비 나는 긴 하루 규방 깊숙이 들어앉아
귀찮아 말없이 수바늘을 멈추었네.
꽃가지 아래로 쌍쌍이 나는 나비들

• 위언(韋偃)과 여가(與
可) : 위언은 당나라, 여가
는 송나라 때의 이름난 화
가로서, 두 사람 다 대나무
나 산수화를 잘 그렸다.

• 송설(松雪) : 원(元)나라
의 서예가인 조맹부(趙
孟頫). 송설은 그의 호.

그늘진 동산에서 지는 꽃을 따라가네.
서늘한 산들바람 푸른 치마를 스쳐가니
무정한 봄바람에 애간장이 끊어지네.
말 못하는 이 심정 그 누가 알아줄까.
온갖 꽃 만발한 뜰에 원앙새가 춤추네.

깊어 가는 봄빛이 세상에 가득한데
붉은 빛 푸른 빛이 사창에 비치도다.
뜰의 꽃과 풀들은 봄기운 이기지 못해
주렴을 살짝 걷고 지는 꽃 바라보네.

둘째 폭에 쓰인 것은 다음과 같았다.

피어나는 밀싹 위로 어린 제비 날아들고
남쪽 뜰 곳곳엔 석류꽃이 피었구나.
푸른 창가에 앉은 아가씨 가위 소리
붉은 비단 잘라내어 새 치마를 짓고 있네.

매화 열매 익는 철에 가랑비 내리는데

紅
붉을 홍
4급 9획

홰나무 그늘에 꾀꼬리 울고 제비는 주렴으로 날아드네.

한 해 봄 풍경은 또 시들어 가니

나리꽃 떨어지고 새 죽순 솟아나네.

푸른 살구 가지 손에 쥐고 꾀꼬리를 깨우니

마루 위 서늘한 바람 해그림자 더디어라.

연잎 향기롭고 못물은 가득한데

푸른 물결 깊은 곳에 가마우지 목욕하네.

등 **평상** 대자리에 무늬가 물결지고

소상강 그린 병풍 한 점의 구름일 뿐.

고달픔 못 이겨 낮잠을 설치고 나니

창가에 비낀 해 뉘엿뉘엿 넘어가네.

셋째 폭에 쓰인 시는 이러했다.

가을 바람 쌀쌀한데 찬이슬 맺히고

달빛은 고운데 물빛 더욱 푸르도다.

한 소리 또 한 소리 기러기 울며 돌아가니

또다시 들리는 오동잎 지는 소리.
평상 밑에서는 온갖 **벌레**들 구슬피 울어대고
어여쁜 여인은 구슬 같은 눈물 떨구네.
머나먼 싸움터에 가신 임이여
오늘밤 *옥문관에도 달빛이 환하겠지.

새 옷을 마르려니 가위조차 차갑네.
나직이 시녀 불러 인두를 청했지만
인두에 불 꺼진 줄 미처 알지 못하다가
나직이 혀를 차고 머리 한 번 긁적이네.

작은 못에 연꽃 지고 파초 잎도 퇴색하니
원앙 새긴 기왓장이 첫서리에 젖었네.
묵은 시름 새 정한 막을 길이 없는데
구슬피 들려오는 골방의 귀뚜라미 소리.

넷째 폭에 쓰인 시는 이러했다.

• 옥문관(玉門關) : 중국의
옛 관문. 감숙성(甘肅省) 돈
황(敦煌) 서쪽에 있던 관문.

매화 가지 하나 창가로 뻗었는데

바람 센 서쪽 행랑 달빛은 밝구나.
화롯불 아직 살아 부저로 뒤적이고
뒤따라 아이 불러 차솥을 바꾸네.

밤 서리에 놀란 잎이 우수수 흔들리고
돌개바람 눈을 날려 긴 마루로 들어오네.
부질없는 임 그리는 마음에 밤새도록 뒤척이니
그 옛날 전쟁터인 *빙하를 헤매네.

창에 가득한 붉은 햇빛 봄날처럼 따뜻한데
시름에 잠긴 눈썹에 졸음까지 더하네.
병에 꽂힌 작은 매화 봉오리는 반만 피고
수줍어 말 못하고 원앙새만 수를 놓네.

쌀쌀한 서릿바람 북쪽 숲을 뒤흔들고
처량하게 우는 까마귀 근심만 더해 주네.
등불 앞에 떨어지는 임 그리는 눈물에
가는 실 젖어 **바늘** 꿰기 힘이 드네.

針
바늘**침**
4급 10획

● 빙하(氷河) : 추운 북쪽
사막을 가리킨다.

김시습(金時習)

〈금오신화〉의 지은이. 조선 초기의 문인으로 생육신의 한 사람이며, 호는 매월당(每月堂), 동봉(東峯)이다. 다섯 살의 나이로 한시(漢詩)를 지어 세종에게 신동이란 말을 들었으나, 세조가 단종으로부터 왕위를 빼앗은 사건 이후 속세를 떠나 승려가 되었다. 그러나 그것은 본색을 감추기 위한 일로, 그로부터 거짓 미치광이가 되어 세상을 조롱하고, 국내의 명승지는 모조리 찾아다니면서 슬픈 노래로 시름을 달랬다. 이와 같은 그의 생애는 《매월당집》의 시문과 〈금오신화〉에 잘 나타나 있다.

好樂好樂 한자 노트

낮을저 | 총 7획 | 부수 人 | 4급

나무뿌리를 본뜬 저(氐)는 '낮다'는 뜻인데, 거기에 사람 인(亻)이 합쳐져 신분이 낮은 사람이라는 뜻이 되었다.

低價(저가) : 싼값.
低俗(저속) : 품위가 낮고 속됨.
低溫(저온) : 낮은 온도.
低音(저음) : 낮은 소리.
低血壓(저혈압) : 정상 상태보다 혈압이 낮은 증상.

놀며 배우는 파자놀이

다섯 획을 그으면 네 개의 사각형이 생기는 글자는?
≫ 답은 田(밭 전).

생육신(生六臣)

조선 세조가 조카 단종으로부터 왕위를 빼앗자 세상에 뜻이 없어 벼슬을 버리고 절개를 지킨 여섯 사람을 이르는 말이다. 사육신(死六臣)에 대한 뜻으로 쓰이는데, 김시습, 원호, 이맹전, 조여, 성담수, 남효온이 이에 속한다. 사육신이 절개로 생명을 바친 데 대해 이들은 살아 있으면서 귀머거리나 소경인 체하거나, 또는 집에 틀어박혀 밖으로 나가지 않은 채 단종을 추모했다.

지을작 | 총 7획 | 부수 人 | 6급

사(乍)는 윗도리의 모양을 본뜬 글자로, 사람 인(亻)이 붙어 옷을 '만들다'라는 뜻이 되었다.

作家(작가) : 문학 작품, 사진, 그림, 조각 따위의 예술품을 창작하는 사람.

作動(작동) : 기계 따위를 움직이게 함.

作別(작별) : 인사를 나누고 헤어짐.

野心作(야심작) : 획기적인 작품을 이루려는 노력으로 새로운 시도를 대담하게 표현한 작품.

놀며 배우는 파자놀이

네거리 모양을 본뜬 글자는?

≫ 답은 行(다닐 행).

✳

한쪽에 따로 작은 방 하나가 있었는데, 요며 이불이며 베개들이 매우 정결했다. 휘장 밖에는 사향을 태우고 난향 기름으로 촛불을 밝혀 놓았는데 대낮처럼 밝았다. 이생은 여인과 더불어 마음껏 즐거움을 누리면서 며칠 동안 머물렀다.

이생이 최씨 처녀에게 말했다.

"옛 성현들 말씀에, 어버이가 계시면 나가 놀더라도 반드시 가는 곳을 알려야 한다고 했소. 나는 집을 나온 지 벌써 사흘이나 되었소. 부모님께서 기다리실 테니, 이 어찌 자식 된 도리라고 하겠소?"

최씨 처녀는 서운하게 여기면서도 이에 따를 수밖에 없어 담을 넘어 보내주었다. 이생은 그후부터 저녁마다 최씨 처녀를 찾아갔다.

어느 날 저녁 이생의 아버지가 이생을 꾸짖었다.

"네가 아침에 나갔다가 저녁에 돌아오는 것은 옛 성현의 어질고 의로운 가르침을 배우기 위해서인데, 요즘은 저녁에 나가서 새벽에 돌아오니 어찌 된 일이냐? 필시 경박한 무리의 행실을 흉내내 남의 담장 안을 엿보거나 규방의 처

聖 賢
성인 성 어질 현
4급 13획 4급 15획

녀를 엿보고 다니는 것이겠지? 이런 일이 사람들에게 알려지면 모두 내가 자식을 엄하게 가르치지 못했다고 할 것이다. 또 그 처녀도 지체 높은 집안의 딸이라면 반드시 네 미친 행동 때문에 그 가문이 누를 입게 될 것이다. 이는 작은 일이 아니니, 너는 속히 영남으로 내려가서 노복들이 농사 짓는 것이나 감독해라. 그리고 다시는 돌아오지 말아라."

그 이튿날 이생의 아버지는 이생을 *울주로 내려보냈다.

최씨 처녀는 매일 저녁 화원에서 이생을 기다렸다. 하지만 몇 달이 지나도 이생은 돌아오지 않았다. 혹시 병에 걸린 것은 아닌가 염려하여, 향아를 시켜서 이생의 근황을 그의 이웃에게 물어 오게 했다. 이웃 사람들이 말했다.

"그 집 도령은 아버지에게 죄를 지어 영남으로 떠난 지가 벌써 몇 달 되었다오."

최씨 처녀는 이 소식을 듣고 병이 나 자리에 눕고 말았다. 그녀는 일어나지도 못하고, 물 한 모금도 넘기지 못했다. 말을 해도 알아듣지 못하고, 얼굴은 생기를 잃고 초췌해졌다.

최씨 처녀의 부모가 이상히 여겨 물었지만, 그녀는 대답하지 않다. 최씨 처녀의 방에 있는 상자를 뒤져 보니 이

花 園
꽃화 동산원
7급 8획 6급 13획

• 울주(蔚州) : 지금의 경상남도 울산(蔚山).

생과 주고받은 시들이 있었다. 최씨 처녀의 부모는 그제야 놀라 무릎을 치며 말했다.

"어이구, 자칫하면 우리 딸자식을 잃어버릴 뻔했구나."

그러고는 딸에게 물었다.

"이생이 도대체 누구냐?"

이렇게 되자 최씨 처녀도 더 이상 숨길 수가 없어, 기어 들어가는 목소리로 부모에게 사실을 아뢰었다.

"저를 고이 길러 주신 부모님의 은혜가 깊은데 어찌 사실을 숨기겠습니까? 가만히 생각해 보니 남녀가 사랑을 느끼는 것은 인간의 정리 중에서도 가장 **무거운** 것 같습니다. 그러므로 '떨어지는 매화 열매처럼 좋은 날을 놓치지 말라'고 《시경》의 '주남' 편에서도 노래했고, '여자가 정조를 지키지 못하면 흉하다'고 복희씨가 쓴 《역경》에서도 경계했습니다. 그런데 저는 냇버들과 같이 연약한 몸으로 용색이 시드는 것을 생각하지 않고 옷에 이슬을 묻힘으로써 주위 사람들의 비웃음을 사게 되었습니다. 덩굴과 이끼가 나무에 의탁해 피어나는 것처럼 이미 *위아처럼 한 남자의 아낙이 되었으니, 죄가 이미 가득하여 집안에까지 누를 끼치고 말았습니다. 또한 저 짓궂은 도련님과 하룻밤

貞　操
곧을정　잡을조
3급 9획 5급 16획

• 위아(渭兒) : 위당(渭塘)의 처녀. 원(元)나라 때 금릉 사람 왕생이 위당의 처녀와 눈이 맞아 부모 허락 없이 부부가 되었다.

정을 통한 뒤부터는 도련님에 대한 원망이 첩첩이 쌓이게 되었습니다. 보잘것없고 연약한 몸으로 홀로 괴로움을 참으려니, 사모하는 마음은 나날이 깊어 가고 아픈 **상처**는 나날이 더해 죽을 지경에 이르렀습니다. 장차 원한 맺힌 귀신이 될 것 같습니다. 그러니 부모님께서 제 소원을 들어주신다면 남은 목숨을 온전히 누릴 수 있을 것이나, 만일 거절하신다면 죽음만이 있을 뿐입니다. 도련님과 저승에서 다시 만나 노닐지언정 맹세코 다른 가문으로 시집가지는 않겠습니다."

傷 處
다칠상 곳처
4급 13획 4급 11획

비로소 부모도 딸의 굳은 의지를 알게 되었다. 그들은 다시 병에 대해 묻지 않고, 한편으로 타이르고 한편으로 달래면서 딸의 마음을 어루만져 주었다. 또한 중매쟁이를 시켜 예를 갖추어 이생의 집으로 보냈다.

이생의 아버지는 최씨 가문에 대해 물은 뒤에 말했다.

"우리 집 아이가 비록 어린 나이에 바람이 났지만, 학문에 정통하고 신수가 제법 훤합니다. 아마도 뒷날 장원급제를 하여 세상에 이름을 드날릴 수 있을 것입니다. 그러니 서둘러 배필을 구할 생각은 없습니다."

중매쟁이가 돌아가서 그대로 전하자, 최씨가 다시 중매

쟁이를 보내어 말했다.

"지금 친구들이 모두 그 댁 아드님이 남달리 재주가 뛰어나다고 칭찬하고 있습니다. 아직은 비록 이름이 알려지지 않았다지만, 어찌 평범하게 묻혀 지내겠습니까? 빨리 혼례를 치러 두 집안이 하나가 되는 것이 좋겠습니다."

중매쟁이가 돌아가서 또 그 말을 전했더니, 이생의 아버지가 말했다.

"나 역시 젊었을 때부터 책을 읽고 학문을 닦았지만, 다 늙도록 성공하지 못했습니다. 노비들도 이리저리 흩어지고 친척들도 도와주지 않아 살림도 신통치 않고 가계도 궁색해졌습니다. 그런데 문벌 좋고 번성한 집안에서 어찌 이런 빈한한 선비를 사위로 삼으려 하십니까? 이는 필시 일 만들기 좋아하는 이들이 우리 집안을 지나치게 칭찬하여 귀댁을 속이려는 것입니다."

중매쟁이가 돌아와서 이를 최씨 집안에 전하자, 최씨가 말했다.

"혼례를 치르기 위한 모든 절차와 예물은 모두 저희 집에서 갖추겠습니다. 좋은 날을 가려서 가약을 맺게 해 주시면 좋겠습니다."

貧 寒
가난할빈 찰한
4급 11획 5급 12획

중매쟁이가 다시 이 말을 전하니, 이씨 집에서도 마침내 고집을 꺾고 사람을 보내 이생을 불러다 그 뜻을 물었다. 이생은 기쁨을 참지 못하고 시 한 수를 지었다.

깨진 거울이 다시 합칠 때가 왔으니
은하수엔 오작교 우리 만남을 돕는구나.
마침내 월하노인이 붉은 실을 잡아맸으니
봄바람에 우는 두견새 원망 마시오.

絲
실 사
4급 12획

　　최씨 처녀는 이 시를 전해 듣고는 병세가 차츰 나아져 답하는 시를 지었다.

나쁜 인연이 이제는 좋은 인연 되어
그 옛날 맹세가 드디어 이루어졌네.
임과 함께 작은 수레 끌고 갈 날 그 언제일까.
아이야, 나를 일으켜 다오. 꽃비녀 매만지리라.

　　이에 길한 날을 택하여 혼례를 올리니, 인연의 실이 다시 이어지게 되었다.

그들은 부부가 된 이후에 서로 사랑하면서도 공경하기를 마치 손님처럼 대하니, 비록 그 옛날의 홍광이나 *포환이라 해도 그들의 절개와 의리를 따를 수 없었다.

이생은 이듬해 대과에 급제하여 높은 벼슬에 오르니, 그 이름이 조정에 알려졌다.

신축년에 홍건적이 서울을 침략하자 임금은 복주로 피난을 갔다. 도적들은 집을 불태우고, 사람을 죽이고 가축을 잡아먹었다. 부부와 친척들은 서로를 지키지 못하고 동서로 달아나 각자 살길을 찾을 수밖에 없었다.

이생은 가족들을 데리고 깊은 산골로 숨었는데, 한 무리의 도적이 칼을 빼어들고 뒤를 쫓아왔다. 이생은 겨우 달아나 목숨을 건졌지만, 그 아내는 도적에게 사로잡혔다. 도적이 겁탈하려 하자 그녀가 크게 꾸짖었다.

"호랑이에게 잡아먹힌 귀신 같은 놈들아, 나를 죽여 씹어 먹어라. 내 차라리 죽어서 이리의 뱃속에 들어갈지언정 어찌 개돼지 같은 놈의 짝이 되겠느냐?"

도적이 노하여 그녀를 죽이고 살을 도려내 황야에 뿌렸다.

이생은 황폐한 들판에 숨어 목숨을 보전하다가, 도적이

荒 野
거칠황 들야
3급 10획 6급 11획

• 포환(鮑桓) : 포선(鮑宣)과 환소군(桓少君). 한(漢)나라 때 환소군은 청빈한 포선에게 시집오면서 남편의 뜻을 받들어 모든 것을 버리고 검소하게 행장을 차렸다.

도망갔다는 소식을 듣고 부모가 살던 옛집을 찾아갔다. 그러나 그 집은 이미 난리통에 불타 없어진 뒤였다. **처가**에 가 보았더니 행랑채는 황량했으며, 찍찍거리는 쥐, 울어대는 새소리만 요란했다.

이생은 슬픔을 이기지 못하여 작은 누각에 올라 눈물을 거두고 길게 한숨을 쉬었다. 날은 저물어 가는데 우두커니 지난날을 생각해 보니, 모두가 한바탕 꿈인 것 같았다.

이경이 되자 어슴푸레한 달빛이 깔리는데, 그 빛은 누각 안의 대들보를 비추었다. 이때 어디선가 발자국소리가 들려왔다. 그 소리는 멀리서부터 차츰 가까이 다가왔다. 이생의 곁에까지 오니 바로 그의 아내였다.

이생은 그녀가 이미 죽었다는 것을 알고 있었지만, 너무도 사랑하는 마음에 의심하지 않고 물어보았다.

"어디로 피난 가서 목숨을 보전했소?"

여인은 이생의 손을 잡고 구슬피 울더니, 사정을 이야기했다.

"저는 본디 양가의 딸로서 어릴 때부터 어버이의 가르침을 받아 수놓기와 바느질에 힘썼고, 시서와 예법을 배웠습니다. 그러니 규방의 법도만 알 뿐 바깥의 일이야 어찌 알겠습니까? 그런데 마침 서방님이 붉은 살구꽃이 핀 담장 안을 엿보신 후 저는 스스로 서방님께 몸을 의탁한 것이지요. 꽃 앞에서 한 번 웃고 평생의 가약을 맺었고, 휘장 속에서 다시 만날 때는 그 사랑이 백년을 넘쳐흘렀습니다.

아아, 이렇게 말하고 보니 슬프고도 부끄러워 견딜 수가 없군요. 장차 백년을 해로하자고 했는데, 뜻밖에 횡액을 만나 도랑으로 곤두박질할 줄이야 어찌 알았겠습니까. 이리 같은 놈들에게 끝까지 몸을 더럽히지는 않았지만, 제 몸은 진흙탕에서 찢겨지고 말았습니다. 인정으로서는 차마 할 수 없는 일이었습니다. 외딴 산골에서 서방님과 헤어진 뒤 짝 잃은 외기러기 신세가 되었지요. 집도 없어지고 부모님도 돌아가셔서 피곤한 혼백을 의지할 곳도 없어졌습니다. 절개는 중하고 목숨은 가벼우니, 쇠잔한 몸뚱이일망정 치욕을 면한 것만이라도 다행스럽게 여겼지요. 그러나 마디마디 끊어진 제 마음을 그 누가 불쌍히 여기겠습니까. 애끓는 썩은 창자에만 맺혀 있을 뿐입니다.

해골은 들판에 내던져졌고 간과 쓸개는 땅바닥에 버려졌으니, 가만히 옛날의 즐거움을 생각해 보면 오늘의 슬픔을 위한 것이 아니었나 여겨집니다. 이제 깊은 골짜기에 봄

疲 困
피곤할피 곤할곤
4급 10획 4급 7획

바람이 불어와, 저도 다시 밝은 세상으로 돌아왔습니다. 서방님과 저는 삼생의 깊은 인연으로 얽힌 몸, 오랫동안 뵙지 못한 한을 이제 풀어 옛 맹세를 저버리지 않겠습니다. 서방님이 그 맹세를 잊지 않으셨다면, 저도 끝까지 잘 모시고 싶습니다. 서방님께서는 허락해 주시겠습니까?"

이생은 한편으로는 기쁘고 한편으로는 고맙게 여기며 말했다.

"그게 바로 내 소원이오."

그러고는 함께 즐거운 심정을 나누었다. 도적들이 재산을 얼마나 노략질해 갔는지 이생이 묻자 여인이 말했다.

"조금도 없어지지 않았습니다. 어느 산 어느 골짜기에 묻어 두었답니다."

"두 집 부모님의 유골은 어디에 모셨소?"

"어느 곳에 버려져 있습니다."

遺 骨
남길 유 뼈 골
4급 16획 4급 10획

이야기를 끝낸 뒤 잠자리를 같이했는데, 지극한 즐거움이 옛날과 다름없었다.

이튿날 여인은 이생과 함께 자기가 묻혀 있던 곳을 찾아갔는데, 과연 금과 은, 그리고 재물도 약간 있었다. 그들은 금과 재물을 팔아서 양가 부모의 유골을 거두어 각각 오관

산 기슭에 합장하고, 나무를 심고 제사를 올려 장례의 예를 갖추었다.

그후 이생은 벼슬을 하지 않고 최씨 여인과 함께 살았다. 뿔뿔이 도망쳤던 노복들도 다시 돌아왔다. 이생은 이때부터 인간 세상의 모든 일을 다 잊어버렸으며, 친척이나 손님들이 찾아와도 방문을 닫아걸고 나가지 않았다. 언제나 최씨와 더불어 시를 지어 주고받으며 금슬 좋게 살았다.

어느덧 몇 년이 지났다. 어느 날 저녁, 여인이 이생에게 말했다.

"서방님과 세 번이나 가약을 맺었지만, 세상일이란 뜻대로 되지 않는 것 같습니다. 즐거움이 다하기도 전에 슬픈 이별을 해야만 하겠어요."

여인이 슬피 울자, 이생이 놀라서 물었다.

"어찌 그런 말을 하는 것이오?"

"저승의 율법은 피할 수가 없습니다. 천제께서 저로 하여금 서방님을 모시게 한 것은, 우리 두 사람의 연분이 끊어지지 않았고 또 전생에 지은 죄가 없었기 때문입니다. 그래서 이 몸을 환생시켜 서방님의 시름을 잠시나마 풀게 해 준 것입니다. 하지만 오랫동안 인간 세상에 머물면서 산 사

植
심을 식
7급 12획

람을 미혹시킬 수는 없습니다."

그리고 나서 시녀에게 명하여 술상을 마련하게 하고는, 옥루춘곡에 맞추어 노래를 지어 부르며 이생에게 술을 권했다.

도적 떼 밀려와서 어지러운 싸움터
꽃은 떨어지고 원앙도 짝을 잃었네.
흩어진 해골 그 누가 묻어 줄까.
피투성이로 떠도는 혼백 하소연할 곳 없구나.
고당 누대 아래 무산선녀 될 수 없고
깨진 거울 다시 나뉘니 마음 더욱 쓰라리네.
이제 작별하면 두 사람 서로 아득히 떨어질 테니
저승과 이승 사이 소식마저 막히겠지.

作 別
지을작 다를별
6급 7획 6급 7획

가락마다 눈물에 목이 메어 목소리를 제대로 내지 못했다. 이생도 또한 슬픔을 이기지 못하고 말했다.

"내 차라리 부인과 함께 황천으로 가겠소. 어찌 쓸쓸히 홀로 여생을 보내겠소? 지난번 난리를 겪은 후에 친척과 노복들이 뿔뿔이 흩어지고, 돌아가신 부모님의 유골이 들

収 拾
거둘수 주울습
4급 6획　3급 9획

판에 널려 있을 때 부인이 없었다면 누가 능히 **수습**하여 장례를 치를 수 있었겠소? 옛 성현께서 말씀하시기를, 살아 생전에 예절로써 모시고 돌아가신 후에도 예절로써 장례를 치러야 한다고 했소. 이런 일을 모두 부인이 감당했으니, 정말 천성이 효성스럽고 인정이 두터운 사람이오. 나는 감격하여 부끄러움을 견디지 못하겠소. 부인도 인간 세상에 더 오래 머물다가 백년 뒤에 나와 함께 티끌이 되는 게 어떻겠소?"

여인이 말했다.

"서방님 목숨은 아직 남아 있지만, 저는 이미 귀신의 명부에 오른 몸이라 오래 있을 수가 없습니다. 제가 인간 세상에 미련을 가진다면 명부의 법도를 어기는 것이 되니, 그 죄가 저에게만 미치는 게 아니라 서방님에게도 또한 누를 끼칠 것입니다. 단지 저의 유골이 어느 곳에 흩어져 있으니, 만약 은혜를 베풀어 주시려면 비바람이나 맞지 않게 해 주세요."

두 사람은 서로 바라보며 눈물을 흘렸다.

"서방님, 부디 안녕히 계십시오."

말을 마치자 여인은 자취도 없이 사라졌다.

이생은 여인의 유골을 거두어 부모의 무덤 곁에 장사를 지내 주었다.

장사를 지낸 뒤에는 이생도 부인에 대한 지극한 사랑 때문에 병을 얻어 몇 달 만에 세상을 떠났다. 이 이야기를 들은 사람들은 모두 슬퍼하며 탄식했으며, 그들의 아름다운 신의를 사모하지 않는 사람이 없었다.

핵심⁺ 전기소설(傳奇小說)

〈금오신화〉는 우리나라 최초의 전기체 소설이다. 전기(傳奇)는 '기이한 것을 전한다'는 뜻으로, 본래 당나라 배형(裵鉶)의 작품 이름에서 나온 것이다. 그후 당나라 때의 소설은 사실소설(寫實小說)에 대립되는 용어로서, 주로 초현실적이고 비현실적인 세계의 문제를 다루고 있다. 다시 말해, 전기소설은 비인간적이고 비과학적인 환몽(幻夢)의 세계, 신선의 세계, 천상의 세계, 명부(冥府)의 세계, 용궁의 세계 등을 표현한 소설을 말한다.

好樂好樂 한자 노트

저녁석 | 총 3획 | 부수 夕 | 7급

달 모양을 본뜬 글자로, 달이 뜨는 저녁을 뜻한다.

夕刊(석간) : 매일 저녁때 발행되는 신문.
夕陽(석양) : 저녁때의 햇빛.
秋夕(추석) : 우리나라 명절의 하나. 음력 팔월 보름날.
七夕(칠석) : 음력으로 칠월 초이렛날의 밤. 이때에 은하의 서쪽에 있는 직녀와 동쪽에 있는 견우가 오작교에서 일 년에 한 번 만난다는 전설이 있다.

내가 찾은 사자성어

아침조 변할변 저녁석 고칠개
朝 變 夕 改
조　변　석　개

내용》 아침저녁으로 뜯어고친다는 뜻으로, 계획이나 결정 따위를 일관성 없이 자주 고침을 이르는 말.

중국 고대의 전설상의 제왕이다. 수인씨(燧人氏), 신농씨(神農氏)와 함께 삼황(三
皇) 중 한 명이며, 그물을 만들어 백성들에게 물고기 잡는 법을 가르치고, 소와
양 기르는 법을 일러주었다고 한다. 《주역》의 괘를 최초로 그렸다고 전해진다.

무거울중 | 총 9획 | 부수 里 | 7급

사람이 등에 무거운 짐을 지고 선 모양을 본떠
'무겁다' 의 뜻으로 쓰인다.

重大(중대) : 가볍게 여길 수 없을 만큼 매
　　우 중요하고 큼.
重力(중력) : 지구 위의 물체가 지구 중심
　　으로부터 받는 힘.
重要(중요) : 매우 귀중하고 소중함.
愼重(신중) : 매우 조심스러움.
重勞動(중노동) : 육체적으로 힘이 많이 드
　　는 노동.

놀며 배우는 파자놀이

힘들여 밭을 가는 사람은?
≫ 답은 男(사내 남). 力은 힘, 田은 밭.

평양은 고조선의 도읍이다. 주나라 무왕이 상나라를 정복하고 난 후 *기자를 찾아가서 정치하는 법을 물으니, 그는 *홍범구주를 일러주었다. 이에 무왕은 조선을 기자에게 주고 임금으로 봉한 후 신하로서 대하지 않았다.

평양의 명승지로 말하자면 금수산, 봉황대, 능라도, 기린굴, 조천석, 추남허 등이 있는데, 모두 옛 유적들이다. 영명사의 부벽정도 그중 하나이다.

영명사는 고구려 동명왕이 건립한 구제궁의 터에 있다. 평양성 외곽에서 동북쪽으로 20리쯤 되는 곳에 있는데, 큰 강을 굽어보고 넓은 평원을 바라보며 아득히 끝을 찾을 수 없으니 참으로 경치가 빼어난 곳이다.

유람선과 상선이 저녁 때 대동문 너머 버드나무 숲이 우거진 물가에 정박하면, 사람들은 조류를 따라 올라와서 이곳을 마음대로 구경하고 극진한 즐거움을 맛본 후 돌아가곤 했다.

부벽정 남쪽에는 돌을 깎아 만든 층계가 있는데, 그 왼쪽

平 原
평평할평 언덕원
7급 5획　5급 10획

• 기자(箕子) : 고대 중국 은(殷)나라 말기의 현인. 전설상 기자조선의 시조로 알려져 있다.

• 홍범구주(洪範九疇) : 바른 정치를 위한 아홉 가지 조항.

은 청운제, 오른쪽은 백운제라고 새기고 *화주를 세웠으므로 호사가들이 감상할 만했다.

　*천순 초년, *송경의 부잣집 아들로 홍씨 성을 가진 서생이 있었다. 나이 젊고 용모 수려하고 의젓한 풍도가 있었으며, 또한 문장에도 뛰어났다.

　중추절을 맞이하여 그는 명주실을 사기 위해 친구들과 함께 포목을 싣고 성 안에 들어와 배를 강가에 대어 두었다. 성 안의 이름있는 기생들은 모두 성문 밖으로 나와 그에게 추파를 던졌다.

布 木
베포 나무목
4급 5획　8급 4획

　성 안에 살던 오랜 친구인 이생은 그를 위해 잔치를 베풀었다. 거나하게 취한 홍생은 배로 돌아갔는데, 밤공기가 서늘하여 잠을 이룰 수 없었다. *장계의 시 '풍교야박'을 떠올리니 맑은 흥취를 참을 수 없었다. 작은 배를 타고 달빛을 받으며 노를 저어 물을 따라 올라갔다. 흥취가 다하면 돌아가리라 생각했는데, 어느덧 부벽정 아래에 도착했다.

　홍생은 뱃줄을 갈대숲에 매어 두고 사다리를 타고 누대에 올라갔다. 난간에 의지하여 경치를 바라보며 맑은 목소리로 시를 읊었다. 이때 달빛은 바다와 같이 넓게 비추고 물결은 비단과 같이 곱게 흔들렸다. 기러기는 물가 백사장

• 화주(華株) : 돌기둥.

• 천순(天順) : 명(明)나라 영종(英宗)의 연호. 천순 초년이면 조선 세조 3년에 해당.

• 송경(松京) : 개성.

• 장계(張繼) : 중국 당나라의 시인.

에서 울고 학은 소나무에 내린 이슬에 놀라니, 그 서늘한 기운은 마치 하늘 위 옥황상제의 궁에 올라온 것만 같았다.

옛 도읍을 바라보니, 하얀 성가퀴에는 연기가 끼어 있고 쓸쓸한 성에는 물결이 철썩이고 있었다. *맥수은허의 탄식이 절로 나왔다. 이에 홍생은 여섯 수의 시를 지었다.

허무한 마음 이기지 못해 패강 정자에서 시를 읊으니
구슬픈 강물 소리 애간장 끊는구나.
옛 나라 장한 기운은 이미 사라졌나
황량한 성터는 옛 자취 그대로인데
백사장 달빛 어려 기러기 갈 길 잃고
연기 걷힌 뜰 위엔 반딧불만 날아다녀
풍경은 쓸쓸하고 세상은 바뀌었으니
한적한 산사에선 종소리만 울리도다.

옛 궁궐 바라보니 가을 풀만 쓸쓸한데
구름 가린 섬들은 길조차 아득하네.
기생과 놀던 관사 옛 터 잡초만 우거지고
성가퀴에 희미한 달빛 밤까마귀 울고 가네.

• 맥수은허(麥秀殷墟) : 망국(亡國)의 슬픔. 기자(箕子)가 은나라의 도읍터에 무성하게 자란 보리를 보고 탄식하며 지은 노래.

74 │ 금오신화

풍류스럽던 옛 영광 먼지가 되었으니

적막한 빈 성 안엔 납가새만 널려 있네.

오직 강물만이 옛 모습 그대로니

도도히 흘러내려 서쪽 바다로 가는구나.

패강의 물은 쪽보다 푸른데

천고의 흥망이야 감당하기 어렵겠지.

금정엔 물 말라 노박덩굴만 얽혔는데

이끼긴 돌담은 능수버들로 덮여 있네.

타향 풍월이야 천 수나 읊었고

옛 왕조 정회에 술이 반쯤 취하는데

마루엔 달 밝은데 졸음은 달아나니

밤이 깊을수록 계수나무 그림자 길어지네.

한가위 달빛이야 곱고도 고운데

옛 성 바라보니 정한만 숫구쳐

기자묘 뜰 앞엔 큰 나무 늙어 가고

단군사 벽 위엔 *여라 푸르도다.

스러진 영웅들 지금은 어디 있나.

他 鄉
다를타 시골향
5급 5획 4급 13획

• 여라(女蘿) : 이끼의 한
종류.

듬성한 초목들 몇 해나 되었는지
오직 그 옛날 둥근 달만 남아 있어
맑은 빛 흘러내려 옷깃을 비추도다.

동산에 달 뜨니 까막까치 날아오르고
깊은 밤 찬 이슬 옷 속으로 스며들어
천년 전 살던 모습 다한 지 오래이고
만고의 산하라지만 성곽은 사라졌네.
하늘에 오른 동명왕 돌아오지 않았으니
세상에 끼친 말씀 그 누가 전해 줄까.
금수레 기린마 어디로 가 버렸나
잡초 자란 행차길로 스님 홀로 지나가네.

뜰에 무성한 풀 가을 이슬에 시들었고
청운교 백운교는 마주보고 걸려 있네.
*수군 영혼들 울부짖는 여울목
슬피 우는 매미는 동명왕의 화신일까
연기 덮인 큰길에는 임금 행차 간 곳 없으니
행궁 솔밭에는 저녁종 울려퍼지네.

化 身
될화 몸신
5급 4획 6급 7획

• 수군(隋軍) …… 여울목
: 고구려 영양왕 때 수나라
군사 수십만이 쳐들어왔
다가 청천강에서 크게 져
빠져 죽은 일을 말한다.

높이 올라 시 지어도 감상해 줄 이 없건만

달 밝고 바람 맑으니 흥은 가시지 않네.

홍생은 시 읊기를 마치고 손바닥을 어루만지며 일어나서 술김에 춤을 추었다. 그는 시를 읊을 때 한 구절이 끝날 때마다 한 차례씩 흐느껴 울었다. 비록 뱃전을 두드리고 피리를 불면서 화답해 주는 것과 같은 즐거움은 없었지만, 마음속 깊이 강개함을 느꼈다. 깊은 골짜기에 숨어 있는 교룡이 춤을 추고, 외딴 배 위의 과부가 눈물을 흘릴 만했다.

시 읊기를 마치고 돌아가려 하니, 시간은 이미 삼경이었다. 그때 갑자기 발자국소리가 들렸다. 서쪽으로부터 누군가 다가오고 있었다. 홍생은 영명사의 스님이 시 읊는 소리를 듣고 놀랍고 의아해서 오는 것이라고 생각했다. 앉아서 오는 사람을 기다리니, 나타난 사람은 뜻밖에도 아름다운 여인이었다.

머리를 갈라 땋은 두 시녀가 여인의 좌우에서 따라오고 있었는데, 한 사람은 옥자루가 달린 *불자를 가지고 있었고, 한 사람은 얇은 비단으로 만든 부채를 들고 있었다. 여인은 몸가짐이 엄숙하고 차림이 **단정**하여 귀한 집안의 처

端 正
끝단 바를정
4급 14획 7급 5획

•••••••••••••••••••
• **불자**(拂子) : 중국산 얼룩소의 긴 꼬리를 묶어 자루를 단 기구. 주로 모기나 파리 따위를 쫓는 데 쓴다.

녀 같았다.

홍생은 뜰 아래로 내려가 담장 틈에 몸을 피하고 그들을 살펴보았다. 여인은 남쪽 난간에 기대어 서더니 달을 바라보며 낮은 소리로 시를 읊었다. 그 풍류와 태도에는 엄숙함과 순서가 있었다.

시녀가 비단으로 만든 자리를 펴놓으니, 여인은 안색을 고치고 자리에 앉아 낭랑한 목소리로 말했다.

"여기서 누가 시를 읊는 것을 들었는데, 그는 지금 어디 갔는가? 나는 꽃과 달의 요정도 아니요, 걸음마다 연꽃이 피던 반비도 아니다. 다행히 오늘밤 장공만리 구름 걷힌 광활한 하늘에 얼음바퀴 같은 달 뜨고 은하수는 맑으니, 계수나무 열매는 떨어지고 백옥루는 서늘하다. 한 잔 술에 시 한 수로 그윽한 심정을 풀어 볼까 했는데, 이런 좋은 밤을 어찌 그냥 보내리."

그 말에 홍생은 한편으로는 두려웠으나 한편으로는 기쁘기도 했다. 그는 한동안 머뭇거리다가 가늘게 기침을 했다. 여인은 기침 소리가 나는 곳으로 시녀를 보내어 청했다.

"저희 아씨께서 모시고 오라 하십니다."

홍생은 조심스럽게 나아가 절하고 꿇어앉았다.

氷
얼음 빙
5급 5획

여인은 그다지 공손하지 않은 태도로 말했다.

"그대도 이리 올라오시오."

시녀가 낮은 병풍으로 그들 사이를 가렸기 때문에, 그들은 단지 얼굴의 반만을 서로 볼 수 있었다.

여인은 조용히 말했다.

"그대가 조금 전 읊은 시는 어떤 의미가 있소? 내게 한번 들려 주시오."

恭　遜
공손할공 겸손할손
3급 10획　1급 14획

홍생은 그 시를 한 자 한 자 외워 들려주었다.

여인은 웃으며 말했다.

"그대는 나와 더불어 시를 논할 만한 사람이오."

여인은 곧 시녀에게 명하여 술상을 내오게 했다. 차려진 음식들은 인간 세상의 것들과는 달라 보였다. 시험삼아 씹어 보았지만 굳고 단단하여 도저히 먹을 수가 없었다. 술 또한 써서 마실 수가 없었다.

여인은 빙그레 웃으며 말했다.

"속세의 선비가 어찌 신선이 마시던 술과 용고기포를 알겠소?"

이어 그녀는 시녀에게 말했다.

"너는 속히 신호사로 가서 공양밥을 조금 얻어 오너라."

시녀는 분부를 받고 가더니, 잠시 후에 밥을 가지고 왔다. 그러나 반찬이 없었다.

여인은 다시 다른 시녀에게 말했다.

"너는 *주암으로 가서 반찬을 얻어 오너라."

이윽고 그 시녀는 잉어구이를 가지고 돌아왔다. 홍생은 그것을 먹었다. 다 먹고 나니, 여인은 이미 그의 시에 따라 그 뜻에 화답하는 시를 향기로운 종이 위에 써 놓았다. 그

供養
이바지할공 기를양
3급 8획 5급 15획

• 주암(酒巖) : 평양 동쪽에 있는 바위. 그 바위 아래 용이 살고 있다고 한다.

녀는 시녀로 하여금 그 시를 홍생에게 전하게 했다. 그 시
는 이러했다.

오늘밤 동쪽 정자엔 달빛도 밝은데
그 맑은 이야기에 이는 감개 어찌할꼬.
나무는 푸른 일산처럼 펼쳐 있고
강물은 넘쳐 흘러 흰 비단처럼 둘러 있네.
세월은 나는 새처럼 홀연 지나가고
물결 같은 세상은 변하고 또 변하겠지.
오늘 저녁 품은 정회 그 누가 알아주리.
종경 소리만 이따금 옛 터에서 들려오네.

옛 성 남쪽 바라보니 강줄기 갈리는데
푸른 물결 하얀 모래에 기러기 떼 울고 가네.
기린마 돌아오지 않으니 용은 이미 **승천**했고
퉁소 소리 끊어지고 남은 것은 흙무덤뿐
촉촉한 *청람에 시흥이 일어나니
인적 없는 절간도 술에 반쯤 취한 듯
*구리 낙타 가시덤불로 떨어짐을 참고 보았으니

昇 天
오를승 하늘천
3급 8획 7급 4획

• 청람(晴嵐) : 맑게 갠 날
서녁 멀리 보이는 산에
어린 푸르스름하고 흐릿
한 기운.

• 구리 낙타 …… 떨어짐
: 한 시대의 영화가 허망
하게 몰락하는 것을 가리
킨다.

천년의 영화로움은 뜬구름이 되었구나.

풀 아래 쓰르라미 쉴새없이 울어대고
높은 정자 올라서니 생각조차 아득해.
비 그치고 구름 끼니 지난 일 서글퍼
낙화유수 바라보면 세월은 빛과 같아
깊어지는 가을날 밀물 소리 웅장하고
누각 잠긴 강물엔 달빛만 처량하네.
그 옛날 바로 이곳 얼마나 화려했나.
무너진 성 성근 숲은 보는 이를 슬프게 하네.

금수산 아래라서 비단을 덮었는지
강가의 단풍나무 옛 성터를 가리우네.
어디서 울리는 걸까, 쓸쓸한 다듬이소리.
어여차 뱃노래 싣고 고깃배 돌아오네.
암벽에 기댄 늙은 나무 담쟁이 얽혀 있고
풀숲에 누운 잘린 비석 이끼에 덮여 있네.
말없이 난간 잡고 옛일을 가슴 아파하니
달빛과 물소리 모든 것이 슬픔일세.

巖 壁
바위암 벽벽
3급 23획 4급 16획

듬성듬성 옥경에 뜬 별

은하수 맑은 밤에 달빛은 교교하네.

옛날의 영광도 이젠 모두 **허사** 되어

다음 세상 알 수 없어 이승에서 만났구나.

좋은 술 한 동이에 실컷 취해 보세.

난세의 삼척검일랑 모두 접어두고

만고의 영웅들도 흙먼지가 되었으니

세상에 헛되이 남은 것 죽은 뒤의 이름이라네.

밤은 어찌 이리 깊어만 가는가.

낮은 성벽에 걸린 달은 둥글어 가네.

그대는 지금부터 속세를 떠났으니

나와 함께 마음껏 즐기리라.

강 위의 경루에는 사람들 흩어지고

섬돌 앞의 고운 나무엔 첫이슬 내리는데

이후 다시 만날 날을 알고 싶다면

봉래산 복숭아 익고 푸른 바다 말라야 하네.

虛 事
빌 허 일 사
4급 12획 7급 8획

〈금오신화〉속 작품의 공통적 특징

첫째 우리나라를 배경으로 하고, 우리나라 사람의 풍속·사상·감정을 표현했다. 둘째 귀신·염왕·용왕·염부주·용궁 같은 비현실적인 소재가 독특한 수단으로 작용하면서 오히려 주제를 효과적으로 나타내는 구실을 한다. 셋째 주인공들이 끝에 가서 하나같이 세상을 등지는 것으로 되어 있는데, 이는 대부분의 고전소설이 행복한 결말로 처리되어 있는 것과 좋은 대조를 이룬다. 넷째 모든 이야기가 자서전적 성격을 지니고 있으며, 많은 사건이 특정한 역사적 사실을 토대로 한 것으로 보인다.

好樂好樂 **한자 노트**

넓을광 | 총 15획 | 부수 *广* | 5급

크고 넓은(黃) 집(广)의 뜻으로, '넓다'라는 의미를 가진다.

廣告(광고) : 세상에 널리 알림.
廣野(광야) : 텅 비고 아득히 넓은 들.
廣場(광장) : 많은 사람이 모일 수 있게 거리에 만들어 놓은, 넓은 빈 터.
長廣舌(장광설) : 쓸데없이 길게 늘어놓는 말.

놀며 배우는 파자놀이

어두운 저녁에 입으로 말해야 하는 것은?

≫ 답은 名(이름 명). 夕은 저녁, 口는 입을 뜻한다.

상(商)

고대 중국의 왕조. 시조는 탕왕(湯王)이다. 기원전 1122년경 주무왕(周武王)에게 멸망당했다. 문헌에 따르면 은(殷)이라는 명칭도 나타나 한때는 은나라라 부르기도 했다. 하지만 은은 상왕조의 마지막 수도일 뿐이며, 상왕조가 멸망한 뒤 주(周)나라에서 그 주민들을 낮게 호칭하던 데서 비롯된 것이다. 20세기에 들어 은허(殷墟)의 발굴이 진행됨에 따라, 상은 적어도 도읍을 은으로 바꾼 후기에는 당시의 문화세계였던 화북(華北)에 있었던 실제 왕조였음이 판명되었다.

길로 | 총 13획 | 부수 足 | 6급

사람들이 저마다(各) 모습을 나타내어 다니는(足) '길'을 뜻하는 글자이다.

路面(노면) : 길바닥.

路上(노상) : 길 위.

路線(노선) : 자동차 선로, 철도 선로 따위
와 같이 일정한 두 지점을 정기적으로 오
가는 교통선.

道路(도로) : 사람, 차 따위가 잘 다닐 수 있
도록 만들어 놓은 비교적 넓은 길.

내가 찾은 속담

길 닦아 놓으니까 거지가 먼저 지나간다

≫ 애써서 이루어 놓은 공이 하찮은 일로 보람 없이 되었음을 비유적으로
이르는 말.

홍생은 그 시를 읽고 기뻤지만, 한편으로는 그녀가 돌아갈까 봐 염려되었다. 홍생은 계속 이야기를 나누고 싶어서 물었다.

"감히 물어도 되는지 모르겠지만, 성씨가 무엇입니까? 그리고 가문에 대해서도 알고 싶습니다."

여인은 한숨을 쉬고 대답했다.

"나는 은 왕조의 후예인 기씨의 딸이오. 내 선조는 이 땅의 왕으로 봉해지자 예법과 정치제도를 모두 탕왕의 가르침에 따라 행하시고 팔조로 백성들을 가르치니, 그 찬란한 문물은 천년이나 이어졌소. 그러다 갑자기 나라의 운세가 쇠하여 재앙과 환난이 닥치게 되니, *선고께서는 보잘것없는 도적에게 패하여 마침내 나라를 잃게 되었소. 위만이 이 시운을 타고 왕위를 차지하니 기자조선의 왕업은 여기서 끊어지고 말았소.

연약한 나는 어지러운 때를 당해 정절을 지킬 생각으로 죽음만을 기다리고 있었소. 그런데 문득 한 신인이 나타나 나를 어루만지면서 '나는 이 나라의 시조이다. 임금 자리를 누린 후 바다 가운데 있는 섬으로 들어가 신선이 되어

• 선고(先考) : 돌아가신 아버지. 여기서는 기자조선의 마지막 왕인 준왕(準王)을 가리킨다.

수천 년을 살아왔다. 너는 나를 따라 하늘나라의 궁전으로 가서 아무 근심 없이 즐거움을 누리지 않겠느냐?' 하셨소.

나는 기꺼이 그 말을 따랐소. 그분은 마침내 나를 이끌고 거처하시던 곳으로 가서 따로 별당을 지어 살게 해 주셨소. 그리고 내게 삼신산의 불사약을 내리셨소. 그 약을 먹은 지 몇 달이 지나자 갑자기 몸이 가벼워지고 기운이 건장해지더니, 새처럼 하늘을 날 수 있게 된 것이 마치 속기로부터 완전히 벗어나게 된 것 같았소. 그후로 나는 하늘 위에 높이 떠 사방을 날아다니며 *동천복지와 *십주삼도를 빠짐없이 유람했소.

어느 가을날 하늘이 맑고 옥황상제가 계시는 궁전이 밝게 빛났소. 달빛이 물과 같으니 달을 쳐다보니 갑자기 먼 곳으로 가 보고 싶은 생각이 들었소. 드디어 달에 올라 *광한전에 들어가 수정궁 안에 있는 항아를 만났소. 항아는 내가 정절이 굳고 문장을 잘한다고 칭찬하며 '아래 세상의 선경은 비록 복지리고 히지만 모두 번잡을 피할 수 없는 속세에 불과하오. 어찌 하늘나라에서 백로를 타고, 붉은 계수나무의 맑은 향기를 맡으며, 푸른 하늘에서 달빛과 어울려 옥경 위를 노닐고, 은하수에서 헤엄치는 것과 같으리

仙　境
신선선　지경경
5급 5회　4급 14회

• 동천복지(洞天福地) : 신선들이 산다는 전설상의 시냉.

• 십주삼도(十洲三島) : 신선들이 산다는 전설상의 지명.

• 광한전(廣寒殿) : 달나라 궁전의 이름.

요' 하고는 즉시 나를 *향안 받드는 시녀로 삼아 곁에 있게 해 주니, 그 즐거움을 어찌 말로 형용하겠소.

하지만 오늘 밤 문득 향수가 일어났소. 하루살이 같은 인간 세상을 돌아보고 싶지는 않지만, 고향을 그리는 마음에 곁눈질하니 산천 경물은 그대로이나 사람은 옛 사람이 아니었소. 하얀 달빛이 연기와 먼지를 가리고 맑은 이슬이 흙과 잡초 위에 내렸기에, 옥경을 잠시 하직하고 하계로 내려와 조상의 묘를 참배하고 이 부벽정에 올라 정회를 풀고 있던 참이오. 마침 그대를 만나니 기쁘기도 하고 부끄럽기도 하오. 얼떨결에 그대의 옥구슬같이 훌륭한 문장에 둔한 붓으로 화답했으니, 감히 글을 지었다고 할 수 없고 단지 내 마음을 술회한 정도로만 알아두시오."

홍생은 두 번 절하고 머리를 조아리면서 말했다.

"속세의 어리석은 백성이니 초목과 한가지로 썩는 것이 마땅한데, 왕손이신 천상의 선녀와 더불어 시로써 화답할 줄 꿈에나 바랐겠습니까?"

홍생은 아까의 시는 이미 한 번 보고 기억한 터라 다시 엎드려 말했다.

"어리석은 소인은 전생에 지은 죄가 많아 신선의 음식은

• 향안(香案): 옥황상제 앞에 놓는 향로를 받치는 상.

먹을 수 없지만, 요행히 글은 조금 알고 있는 터라 선녀께
서 지으신 시를 대충은 이해할 수 있습니다. 참으로 기이한
일입니다. 본디 네 가지 좋은 일, 즉 좋은 철, 아름다운 경
치, 이를 보고 즐기는 마음, 이를 보고 유쾌하게 노는 일은
갖춰지기 어려운 법인데, 이 네 가지가 구비되었으니 청컨
대 이번에는 '강가 정자에서 가을밤에 달을 감상하다' 라
는 제목으로 40운의 시를 지어 저를 깨우쳐 주십시오."

여인은 고개를 끄덕이더니 붓에 먹을 찍어 단번에 내려
썼다. 그 모양이 구름과 연기가 서로 얽힌 듯했다. 붓을 달
려 즉시 지으니 그 내용은 이러했다.

感 想
느낄감 생각상
6급 13획 4급 13획

달빛 교교한 부벽정, 높고 먼 하늘엔 옥 같은 이슬 내리네.
　맑은 빛 은하수에 잠기니, 상서로운 하늘 기운 오동나무
를 뒤덮도다.
　밝고 깨끗한 삼천리 강산에 곱고 고운 *십이루.
　비단 구름은 티끌 하나 없는데, 산들바람은 눈앞을 스치네.
　넘실넘실 흐르는 물 따라 띄엄띄엄 떠나는 배
　쑥대로 만든 문틈 엿보고, 모래톱 물억새꽃 살짝 비추는데
*예상곡이 들리는 듯, 옥도끼 소리 쟁쟁해.

• 십이루(十二樓) : 신선들
이 산다는 열두 개의 누각.

• 예상곡(霓裳曲) : 달나라
의 음악.

光 彩
빛광 채색채
6급 6획 3급 11획

• 패궐(貝闕) : 조개로 장
식한 대궐, 곧 용궁을 가
리킨다.

• 염부(閻浮) : 염부제(閻
浮提) 혹은 염부주(閻浮
洲). 불교에서 말하는 수
미사주(須彌四洲) 중 하나.

• 지미(知微) : 당나라 때
술사인 조지미(趙知微).
도술을 써서 장마 중에도
달을 보며 즐겼다고 한다.

• 공원(公遠) : 당나라 때
술사인 나공원(羅公遠). 지
미와 함께 놀았다고 한다.

• 오강(吳剛) : 한(漢)나라
때 사람. 신선술을 배우다
가 잘못을 저질러, 달나라
에 귀양가서 계수나무를
베었다고 한다.

• 요사한 두꺼비 : 달 속
에 살고 있다는 두꺼비.

• 투호(投壺) : 화살을 던
져 병 속에 넣어서 승부
를 가리는 놀이.

진주조개는 *패궐에, 물소 떼는 *염부로.

*지미와 달을 보고, *공원 좇아 놀아 보세.

달빛에 놀란 위나라 까마귀, 달그림자에 헐떡이는 오나
라 소.

달빛은 청산벽해에 은은히 맴돌고 있네.

그대와 더불어 문을 열고 흥 따라 주렴을 거두어 보세.

이백은 술잔 멈추고 *오강은 계수나무 베었지.

흰 병풍은 광채가 찬란하고 비단 휘장 곱게 수놓았네.

보배 거울 걸려 있고 얼음 바퀴 구르는데

잔잔한 금빛 물결 어찌나 유유한지.

검을 뽑아 *요사한 두꺼비를 베고, 비단 그물 넓게 펼쳐
교활한 토끼놈 잡아 보세.

하늘엔 비 개고 오솔길 연기 끊겼네.

누각을 둘러싼 천 그루 나무들, 섬돌에 서서 만 길 못을
굽어보네.

누가 타향에서 길을 잃었는가, 고향에서 요행히 친구를
만났다네.

도리화처럼 서로를 아끼며 술잔을 주고받아

좋은 시로써 화답할지니, 술은 물론 *투호까지 있지 않

은가.

화로에서 타오르는 숯조각, 솥에선 물거품 보글보글

용연향 향로에서 피어오르고, 맑은 술은 나무 술잔에서 찰랑이네.

소나무 위에선 학의 울음소리 벽 뒤에선 쓰르라미 울음소리

*호상에서 못다한 이야기야 물가로 나아가서 더할 수 있겠지.

흐릿하게 보이는 황폐한 성, 쓸쓸한 초목은 빽빽하기만 해.

푸른 단풍은 흔들흔들, 누런 갈대는 우수수.

선경은 광활한데, 인간 세상 빠르게 돌아가네.

옛 궁전엔 벼와 기장 이삭, 들판 사당에는 가래나무와 뽕나무 덩굴.

옛 자취는 부서진 비석으로 남으니, 흥망이야 물가 갈매기들에게나 물어 볼까.

달은 차고 또 기우는데, 인생은 얼마나 하루살이 같은지.

옛 궁궐은 절이 되고, 옛 임금은 호구에 묻혔네.

반딧불 휘장에 어른거리네, 깊은 숲 도깨비불처럼.

옛일에 눈물 흘려도 지금 슬픔은 더해만 가네.

草 木
풀초 나무목
7급 10획 | 8급 4획

• 호상(胡牀) : 접고 펼 수 있는 중국식 의자.

단군의 자취 *목멱산에 남았고, 기자의 도읍 *해자만 남
았는데

굴 속엔 기린마의 자취, 너른 평원엔 *숙신의 화살.

난향은 하늘나라로 돌아가야 하고, 직녀도 푸른 용을 타
고 올라가야 하네.

선비는 붓을 멈추고, 선녀는 공후를 멈추었네.

이 노래 끝나면 이별인데 깨끗한 바람 위로 노 젓는 소리
만 나네.

여인은 쓰기를 마치자 붓을 던지고 공중으로 사라져 버
렸는데, 그 간 곳이 어디인지 알 수 없었다.

여인은 사라지기 이전 시녀로 하여금 홍생에게 말을 전
하게 했다.

"옥황상제의 명이 지엄하여 나는 이제 난새를 타고 가
려고 하오. 다만 청아한 이야기를 다하지 않았으니 마음 깊
이 섭섭함을 금할 수 없소."

잠시 후 한 줄기 회오리바람이 불어와 땅을 휩쓸더니 홍
생이 앉아 있던 자리를 걷어 갔다. 여인이 쓴 시도 사라졌
는데, 역시 간 곳을 알 수 없었다. 이런 선계의 신비한 이야

至 嚴
이를지 엄할엄
4급 6획 4급 20획

• 목멱산(木覓山) : 평양
동쪽에 있는 산.

• 해자(垓字) : 성 밖으로
둘러 판 못.

• 숙신(肅愼) : 고조선시대
만주 지방에 있던 나라.
그 나라에서 만든 화살이
유명했다.

기가 인간 세상에 널리 퍼지는 것을 꺼리기 때문일 것이다.

홍생은 멍하니 서서 방금 전 겪은 일을 가만히 생각해 보았다. 꿈 같기도 하고 아닌 것 같기도 했으며, 사실 같기도 하고 아닌 것 같기도 했다.

홍생은 난간에 기댄 채 생각을 정리하여 그녀가 한 말을 모두 기록했다. 좋은 인연을 만난 것 같았지만, 마음속의 정회를 다 풀지 못한 것이 못내 아쉬워 시 한 수를 읊었다.

양대에서 하룻밤 운우지락
어느 해에 그녀 다시 퉁소 불며 돌아올까.
흐르는 물결 비록 무정하지만
슬피 울며 이별 없는 세상으로 가는 듯하구나.

시 읊기를 마치고 사방을 살펴보니 산사에서 종소리가 울리고 물가 마을에서는 닭울음소리가 들렸다. 달은 이미 서쪽으로 기울어지고 샛별만 반짝이는데, 다만 뜰 안에서는 쥐가 찍찍거리고 마루 아래에선 풀벌레가 울 뿐이었다.

山 寺
메산 절사
8급 3획　4급 6획

홍생은 쓸쓸하기도 하고 슬프기도 하며, 숙연하고 두려운 생각도 들어 더 이상 부벽정에 머물러 있을 수가 없었다. 그는 배로 돌아갔으나 우울하고 답답하여 다시 객소로 돌아가지 않고 배를 저어 먼저 대었던 물가로 가니, 친구들이 다투어 물었다.

"어젯밤에 어디서 잤는가?"

홍생은 속여서 말했다.

"어젯밤 낚싯대를 들고 달빛을 따라 *장경문 밖 조천석 근처에서 비단잉어 낚시를 했지. 그런데 날씨가 춥고 물이 차가워서 한 마리도 낚지 못했으니, 이 어찌 안타까운 일이 아니겠나."

친구들은 아무도 그 말을 의심하지 않았다.

그후 홍생은 그 여인에 대한 그리움으로 병을 얻어 쇠약한 몸으로 집에 돌아오니, 정신이 흐리멍덩하고 말하는 것이 예전 같지 않았다. 병상에 누워 오랫동안 일어나지 못하고 있는데, 어느 날 꿈속에서 엷게 화장한 한 여인이 나타나 말했다.

"저희 아씨께서 선비님에 관해 옥황상제께 말씀하셨습니다. 상제께서는 선비님의 재주를 아까워하시며, *하고의

• 장경문(長慶門) : 평양성 안에 있는 장경사(長慶寺)의 문.

• 하고(河鼓) : 견우성(牽牛星)의 다른 이름.

막하에 예속시켜 하늘 관리로 삼게 하셨습니다. 상제께서 직접 내리시는 명이니 피할 수가 없습니다."

홍생이 깜짝 놀라 깨니 꿈이었다.

홍생은 집안 사람들에게 일러 목욕재계를 하고 새 옷을 갈아입은 후, 향을 피우고 땅을 청소하고는 뜰에 자리를 마련하게 했다. 그는 턱을 괴고 잠시 누워 있더니 갑작스럽게 세상을 떠났다. 그날은 9월 보름이었다.

빈소를 차린 지 며칠이 지나도록 그 얼굴빛이 변하지 않으니, 사람들은 그가 신선을 만나 죽음의 질곡으로부터 해탈한 것이라고 말했다.

解 脫
풀 해　벗을 탈
4급 13획　4급 11획

핵심+ 〈금오신화〉의 판본

〈금오신화〉의 판본은 김시습 자신이 '석실에 감추었다'라고 한 만큼 간본(刊本)은 없고 간신히 필사본만이 전해 왔을 뿐이다. 그나마 옛 문헌에 이따금 단편적인 기록이 있을 뿐 한말(韓末) 이래 그 현품이 발견되지는 않았다. 그러던 것을 최남선이 일본에서 전해 내려오던 목판본 〈금오신화〉를 발견하여 1927년 잡지 《계명》 19호를 통해 국내에 소개함으로써 비로소 본격적으로 출간되어 읽혀지게 되었다.

好樂好樂 한자 노트

끊을절 | 총 4획 | 부수 刀 | 5급

칼(刀)질을 여러 번(七)하여 '자른다'는 뜻의 글자이다.

切感(절감) : 절실히 느낌.

切開(절개) : 째거나 갈라서 벌림.

切斷(절단) : 끊어 자름.

切下(절하) : 화폐의 가치를 낮춤.

親切(친절) : 대하는 태도가 매우 정겹고 고분고분함. 또는 그런 태도.

내가 찾은 사자성어

끊을절 .갈차 다듬을탁 갈마

切磋琢磨
절   차   탁   마

내용 » 옥이나 돌 따위를 갈고 닦아서 빛을 낸다는 뜻으로, 부지런히 학문과 덕행을 닦음을 이르는 말.

중국 강소성 소주시 북서쪽의 구릉으로 이루어진 경승지이다. 해용산(海湧山)이라고도 한다. 춘추시대 오왕(吳王) 부차(夫差)가 월왕(越王) 구천(句踐)과의 싸움에서 전사한 부친 합려(闔閭)를 이장한 무덤인데, 이장 후 사흘 만에 털이 하얀 호랑이가 그 위에 웅크리고 앉았다는 고사에 연유하여 이런 이름이 생겼다고 한다.

어려울난 | 총 19획 | 부수 隹 | 4급

황토(堇)에서 새(隹)가 놀면 움직이기 힘들다는 뜻으로, '어렵다'를 의미한다.

難關(난관) : 일을 해 나가면서 부딪치는 어려운 고비.

難局(난국) : 일을 하기 어려운 상황.

難民(난민) : 전쟁이나 재난 따위를 당하여 곤경에 빠진 백성.

苦難(고난) : 괴로움과 어려움을 아울러 이르는 말.

놀며 배우는 파자놀이

나무에 눈이 달린 것은?

≫ 답은 相(서로 상). 木은 나무, 目은 눈.

4

남염부주지

*성화 초기, 경주에 박씨 성을 가진 서생이 살고 있었다. 그는 유학을 열심히 공부하여 일찍이 *태학관에 들어갈 수 있었으나, 한번도 과거에 급제하지 못하여 늘 우울한 마음을 품고 있었다.

그 뜻과 기상이 높고 빼어나서 어떤 권세에도 굽히려 하지 않았기 때문에, 사람들은 그를 가리켜 '오만한 협사'라고 불렀다. 하지만 남들을 대하고 대화를 나누는 태도가 순박하고 성실하며 경박함이 없이 두터웠으므로, 세상 사람들은 모두 그를 칭찬했다.

박생은 일찍부터 불교와 *무격, 귀신에 관련된 이야기에 대해 의심하는 마음을 가지고 있었다. 그는 그것들에 대해 어떤 결론을 내리지는 못했지만, 나중에 《중용》과 《역경》을 읽고 의심 없는 확고한 견해를 가지게 되었다.

그러나 그는 성품이 순박하고 후덕하여 불자와도 사귀었는데, *한유와 태전 사이, *유종원과 손상인 사이같이 친한 사람도 두서넛 있었다.

厚 德
두터울후 큰덕
[4급 9획] [5급 15획]

• 성화(成化) : 명(明)나라 헌종의 연호. 성화 초년은 조선 세조 11년(1465)이다.

• 태학관(太學館) : 조선 시대 성균관의 다른 이름.

• 무격(巫覡) : 무당과 박수.

• 한유(韓愈) : 당나라의 이름난 문인으로, 당송팔대가의 한 사람. 승려 태전(太顚)과 친하게 지냈다.

• 유종원(柳宗元) : 당나라 때의 문장가. 당송팔대가의 한 사람. 승려 손상인(巽上人)과 친하게 지냈다.

불자들 또한 박생을 문사로서 대우하여 사귀었으니, *혜원이 종병, 뇌차종 대하듯, *지둔이 왕탄지, 사안 대하듯 절친했다.

하루는 박생이 어떤 스님에게 극락과 지옥에 대해 이야기하다가 의심스러워서 물었다.

"천지는 하나의 음과 하나의 양뿐이라 했는데, 어찌 천지 밖에 또 다른 천지가 있겠습니까? 그것은 틀림없이 바르지 못한 이론입니다."

그러나 스님은 자신있게 대답하지 못하고 다만 죄와 복은 지은 데 따라 응보가 있다는 말로 얼버무렸다. 박생은 마음속으로 승복할 수 없었다.

박생은 일찍이 '일리론'이라는 글을 지어서 스스로를 경계했는데, 이는 이단자의 유혹에 빠지지 않기 위해서였다. 그 대강은 다음과 같다.

일찍이 세상의 이치는 하나가 있을 뿐이라고 들었다. 하나라는 것은 두 이치가 아님을 말한다. 이치라는 것은 성(性)을 이름이요, 성이라는 것은 하늘이 내린 것이다. 하늘이 음양오행으로 만물을 만들 때 기(氣)로써 형체를 이루

應報
응할응 갚을보
4급 17획 4급 12획

• 혜원(慧遠)이 종병(宗炳), 뇌차종(雷次宗) 대하듯 : 혜원은 중국 동진(東晉) 때의 승려. 종병과 뇌차종은 그 당시의 문사인데, 시로 친하게 지냈다.

• 지둔(支遁)이 왕탄지(王坦之), 사안(謝安) 대하듯 : 지둔은 중국 동진의 승려. 왕탄지와 사안은 그 당시의 명신인데, 서로 친하게 지냈다.

었는데, 이(理)도 또한 풍부하게 되었던 것이다.

　이른바 이치란 것은 일상 사물에 있어서 각각 조리를 가지는 것이다. 예를 들면, 아비와 아들 사이에서는 그 사랑을 다해야 함을 이름이요, 임금과 신하 사이에서는 그 의리를 다해야 함을 이름이요, 남편과 아내, 어른과 아이 사이에서는 각각 당연히 해야 할 길이 있음을 이름이니, 이것이 이른바 도(道)이며, 우리 마음속에 이 이치가 갖추어져 있는 것이다.

　이 이치에 따른다면 불안이 없을 것이요, 이 이치를 거슬러서 성을 어긴다면 재앙이 미치게 될 것이다. *궁리진성은 이 이치를 연구하는 일이고, *격물치지 또한 이 이치를 연구하는 일이다. 대개 사람은 태어날 때부터 그 마음을 가지고 있고, 또한 그 성을 갖추고 있으며, 세상 사물에 또한 그 이가 있는 것이다. 마음의 *허령으로써 성인 자연을 따라 만물에 나아가 이치를 연구하고 일에 따라 근원을 추적해서 그 극치에 이르게 된다면, 세상의 이치가 나타나 분명해지지 않을 리 없으며 이치의 지극한 것이 마음속에 벌여 있지 않을 리 없다.

　이런 방법으로 나아가면 천하와 국가도 모두 여기에 포

研 究
갈연 연구할구
4급 11획　4급 7획

• 궁리진성(窮理盡性) : 하늘의 이치와 사람의 본성을 샅샅이 연구함.

• 격물치지(格物致知) : 사물의 이치를 연구하여 후천적인 지식을 명확히 함.

• 허령(虛靈) : 마음의 본체는 공허하여 그 형체가 없지만 그 기능은 맑고 환한 것.

괄되고 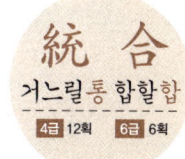통합될 것이다. 이렇게 된다면 천지의 도리에 참여
해도 어그러짐이 없을 것이며, 귀신을 접한다 하더라도 현
혹되지 않을 것이며, 고금을 통하더라도 망각되지 않을 것
이다. 유학을 따르는 자가 할 일은 오직 이것이다. 천하에
어찌 두 이치가 있을 수 있겠는가. 저 불교의 설을 나는 믿
을 수 없다.

　어느 날 박생은 방안에서 등불을 돋우고 책을 읽다가, 베
개에 기대어 옷을 입은 채 잠이 들었다. 문득 한 나라에 이
르렀는데, 곧 바닷속의 한 섬이었다.

　그 땅에는 초목이라고는 전혀 나지 않았고, 모래와 자갈
도 없었다. 발에 밟히는 것이라고는 구리가 아니면 쇠뿐이
었다. 낮에는 거센 불길이 하늘까지 뻗쳐 땅덩이가 녹아내
리는 듯했고, 밤에는 차가운 바람이 서쪽에서 몰아쳐 사람
의 살갗과 뼈를 에이는 듯하여 견딜 수 없었다.

　또한 무쇠로 만든 절벽이 성벽처럼 바닷가를 둘러싸고
있는데, 단지 철문 하나가 굳게 닫힌 채 덩그러니 있었다.
문을 지키는 사람은 물어뜯을 것 같은 모질고 사나운 자세
로 창과 쇠몽둥이를 움켜쥐고 막아서 있었다.

성안에 사는 백성들은 쇠로 만든 집에서 살고 있었다. 낮에는 열기로 살갗이 문드러지고 밤에는 추위로 몸이 얼어붙곤 했다. 사람들은 단지 아침저녁에나 조금씩 움직이며 웃고 이야기할 수 있었다. 그러나 그다지 괴로워하지는 않았다.

박생은 몹시 놀라 머뭇거렸다. 그때 문지기가 그를 불렀다. 박생은 당황했으나 가지 않을 수 없어 조심스레 나아갔다. 문지기는 창을 곧게 세우고 물었다.

"그대는 어떤 사람이오?"

박생은 벌벌 떨면서 대답했다.

"저는 어떤 나라 어떤 땅에 사는, 세상 물정 모르는 꽉 막힌 일개 선비입니다. *영관을 모독했으니 죄임이 분명하나 너그러이 용서해 주십시오."

謝過
사례할사 지날과
4급 17획 5급 13획

엎드려 두 번 세 번 절하면서 자신의 당돌함을 사과하니 문지기가 말했다.

"유학을 따르는 사람은 위험을 만나도 굽히지 않는다고 들었는데, 어찌 몸을 굽히는 것이 이렇게 심하십니까? 우리는 이치에 통달하신 군자를 뵙고자 한 것이 벌써 오래되었습니다. 우리 임금님 또한 선생 같은 분을 뵙고 동방 사

• 영관(靈官) : 영계의 관리.

람들에게 한 말씀 전할 생각을 가지고 계십니다. 잠시만 앉아서 기다려 주십시오. 제가 대왕께 아뢰겠습니다."

말을 마치자, 문지기는 허리를 굽힌 후 총총이 성안으로 사라졌다.

잠시 후 문지기가 되돌아와서 박생에게 말했다.

"대왕께서 *편전에서 맞이하겠다 하십니다. 선생은 분명히 곧은 말로써 대답하십시오. 위엄을 두려워해서 숨겨서는 안 됩니다. 부디 우리 백성들로 하여금 큰 도의 요점을 알게 해 주십시오."

이어 검은 옷과 흰 옷을 입은 두 동자가 손에 문서를 쥐고 성에서 나왔다. 한쪽은 검은 종이에 푸른 글자로 쓴 것이요, 다른쪽은 흰 종이에 붉은 글자로 쓴 것이었다. 동자들은 그 문서를 박생의 왼편과 오른편에서 펼쳐 보였다. 들여다보니 자신의 이름과 성이 붉은 글자로 씌어 있고, 그 아래에 다음과 같이 적혀 있었다.

'현재 어떤 나라에 사는 박 아무개는 이승에서 지은 죄가 없으므로 이 나라의 백성이 될 수 없다.'

박생은 그 글을 보고 동자에게 물었다.

"나에게 이 문서를 보이는 까닭이 무엇이오?"

現 在
나타날현 있을재
6급 11획 6급 6획

• 편전(便殿) : 왕이 평상시에 거처하는 궁전.

남염부주지 **103**

동자가 대답했다.

"검은 종이는 악인의 명부요, 흰 종이는 선인의 명부입니다. 선인의 명부에 적힌 사람은 임금님께서 선비를 초빙하는 예로써 맞이하시고, 악인의 명부에 적힌 사람은 비록 죄를 벌하지는 않아도 천민이나 노예로서 대우하십니다. 임금님께서 선생을 보시면 극진한 예로써 대접하실 것입니다."

말을 끝내자 동자들은 그 문서를 들고 성안으로 들어갔다.

잠시 후, 바람을 타고 호화롭게 치장된 수레가 달려왔다. 위에는 *연좌가 설치되어 있고 그 곁에는 귀여운 동자들과 아름다운 여인들이 불자와 일산을 들고 따르고 있었다. 무장한 노예와 나졸들이 창을 휘두르면서 큰 소리로 사람들을 쫓으며 따라왔다.

박생은 머리를 들어 멀리 바라보았다. 앞에는 세 겹 철성이 있고 높다란 궁궐이 금으로 된 산 밑에 서 있는데, 뜨거운 불꽃이 하늘까지 닿도록 이글이글 타오르고 있었다.

길가를 돌아보니, 사람들은 불꽃 속에서 녹아내리고 있는 구리와 쇠를 마치 진흙 밟듯이 밟고 있었다. 그러나 박생 앞으로 뻗어 있는 수십 걸음쯤 되는 길은 숫돌처럼 평탄했으며 쇠를 녹이는 뜨거운 불은 없었다.

設 置
베풀 설 둘 치
4급 11획 4급 13획

· 연좌(蓮座) : 부처가 앉
는 연꽃으로 만든 자리.

성에 도착하니 사방 문이 활짝 열려 있는데, 못 주위에 있는 누각은 인간 세계의 것과 꼭 같았다. 아름다운 두 여인이 마중나와 박생에게 절을 하고는 그를 <u>인도</u>하여 안으로 들였다.

왕은 머리에 *통천관을 쓰고 허리에는 *문옥대를 둘렀으며 손에 *규를 들고 뜰 아래로 내려와서 맞이했다.

박생은 땅에 엎드려 감히 바라보지 못하니 왕이 말했다.

"사는 세계가 서로 다르거늘, 이치를 알고 있는 선비가 어찌 위세에 몸을 굽히겠습니까?"

왕은 박생의 소매를 잡아 이끌어 전각 위로 올라가, 특별히 자리를 마련해 주었다. 그 자리는 옥으로 만든 난간 옆의 금으로 만든 자리였다.

자리에 앉자 왕은 시중 드는 사람을 불러 다과를 올리게 했다. 박생이 얼핏 보니 차는 구리를 녹인 것이고 과실은 쇠로 만든 경단이었다. 놀랍고 두려웠으나 감히 물러날 수 없어 그들이 하는 것을 보고만 있었다. 다과를 앞에 놓으니 차와 과실에서 풍기는 아름다운 향기가 온 궁궐로 퍼져 나갔다.

引 導
끌인 인도할도
4급 4획 4급 16획

• 통천관(通天冠) : 왕이 조칙을 내리거나 정무를 볼 때 쓰던 관. 앞쪽이 뒤쪽보다 높다.

• 문옥대(文玉帶) : 아름다운 광채기 나는 옥으로 만든 띠.

• 규(珪) : 위는 둥글고 아래는 모가 난 길쭉한 홀(笏). 나라에 큰일이 있을 때 이것을 손에 잡고 나와 신표로 삼았다.

핵심⁺ 〈금오신화〉 속 작품의 주제

〈금오신화〉에 실려 있는 다섯 편의 작품은 기본적으로 두 개의 주제로 구분된다. '만복사저포기', '이생규장전', '취유부벽정기' 등 세 편은 남녀간의 자유로운 사랑을 주제로 하여 봉건적이고 유교적인 속박에서 벗어나려는 시도를 보여주는 작품이며, '남염부주지', '용궁부연록' 등은 용궁 세계에 대한 묘사를 통해 작가 자신의 철학적 및 사회·정치적 이상을 보여주는 작품이다.

好樂好樂 한자 노트

早

일찍조 | 총 6획 | 부수 日 | 4급

날 일(日)자와 획을 줄인 동쪽 갑(甲)자가 합쳐진 글자로, 해가 뜨는 아침, 곧 '이르다'는 뜻이다.

早期(조기) : 이른 시기.

早産(조산) : 해산달이 차기 전에 아이를 낳음.

早熟(조숙) : 식물의 열매가 일찍 익는 것처럼 나이에 비하여 정신적·육체적으로 발달이 빠름.

早退(조퇴) : 정해진 시간 이전에 물러남.

놀며 배우는 파자놀이

여자가 아이를 안고 있는 것은?

≫ 답은 好(좋을 호). 女는 여자, 子는 아이를 뜻한다.

음양오행설(陰陽五行說)

우주나 인간 사회의 모든 현상 및 만물이 생겨나고 사라지는 것을 음양(陰陽)과 오행(五行), 곧 금(金), 목(木), 수(水), 화(火), 토(土)가 서로 관련되어 변천하는 것으로 설명하려는 이론이다. 중국 전국시대에 각각 성립된 음양설과 오행설이 한(漢)나라 때 합쳐진 세계관으로, 특히 역법(曆法)과 결합하여 중국·한국·일본의 일상생활에 큰 영향을 끼쳤다.

갖출구 | 총 8획 | 부수 八 | 5급

두 손(𠂇)에 돈(貝)을 '가지고' 있는 모양의 글자이다.

具備(구비) : 있어야 할 것을 빠짐없이 다 갖춤.

具色(구색) : 여러 가지 물건을 고루 갖춤.

具現(구현) : 어떤 내용이 구체적인 사실로 나타나게 함.

家具(가구) : 집안 살림에 쓰는 기구.

내가 찾은 속담

갖은 황아라

≫ 황아장수가 여러 가지를 다 갖추어 가지고 다닌다는 뜻으로, 여러 가지 것이 골고루 많이 있는 것을 이르는 말.(황아란 여러 가지 자질구레한 일용 잡화를 말한다.)

※

차를 마신 후 왕이 박생에게 말했다.

"선생은 이곳이 어딘지 아시겠습니까? 여기는 *염부주입니다. 궁전 북쪽에 있는 산이 바로 *옥초산입니다. 이 섬은 하늘과 땅의 남쪽에 있으므로 남염부주라고 부르니, 불꽃이 활활 타고 늘 허공에 떠 있기 때문에 불리게 된 이름입니다. 내 이름은 염마입니다. 불꽃이 몸을 휘감고 있으므로 그렇게 부르는 겁니다. 내가 이 땅을 다스린 지는 벌써 일만 년이 넘었습니다. 오래 살았기 때문에 신령스러움이 생겼으니, 마음을 먹으면 신통하지 않은 것이 없고, 뜻이 있으면 그대로 되지 않는 것이 없습니다. *창힐이 글자를 만들 때 내가 백성들을 보내어 울어 주었고, 석가가 부처가 될 때는 제자를 보내어 보호해 주었지요. 그러나 삼황오제와 주공, 공자는 각기 도로써 자신을 지켰으므로, 나는 감히 그 사이에는 설 수 없었습니다."

박생이 왕에게 물었다.

"주공, 공자와 석가는 모두 어떤 사람들입니까?"

"주공과 공자는 문명국인 중국의 성현이시고, 석가는 간흉의 나라인 서역의 성현이십니다. 비록 문물이 **발달**한

發達
필발 통달할달
6급 12획 4급 13획

• 염부주(炎浮洲) : 남쪽 바다에 있는 섬. 불꽃이 타오르고 공중에 떠 있다고 한다.

• 옥초산(沃焦山) : 동해 남쪽 삼만 리에 있다는 산.

• 창힐(蒼詰) : 중국 고대 황제(黃帝) 때의 신하. 눈이 네 개 달렸으며, 새와 짐승의 발자국을 보고 글자를 만들었다고 한다.

중국이라고 해도 성품이 정순하지 못한 사람도 있고 순수한 사람도 있습니다. 주공과 공자는 그들을 인도하는 데 힘썼지요. 간흉의 나라라고 해도 민첩한 기질을 가진 사람도 있고 둔한 기질을 가진 사람도 있는데, 석가는 그들을 깨우치는 데 힘썼습니다.

純 粹
순수할 순 순수할 수
4급 10획 1급 14획

　주공과 공자의 가르침은 정도로써 사도를 물리치는 일이었고, 석가의 법은 사도로써 사도를 물리치는 일이었습니다. 정도로써 사도를 물리치는 것은 그 말이 정직한 법이고, 사도로써 사도를 물리치는 것은 그 말이 허황한 법입니다. 정직함은 군자가 따르기 쉬웠으며, 허황됨은 소인이 믿기가 쉬웠지요. 그러나 그 지극한 경지에 이르러서는 모두 군자와 소인들로 하여금 마침내 바른 도리에 돌아가게 하는 것이요, 결코 세상을 미혹시키고 백성을 속여서 사악한 도로써 그릇되게 하는 것은 아닙니다."

　박생이 다시 물었다.

　"귀신이란 어떤 깃입니까?"

　"귀(鬼)란 것은 음(陰)의 영이요, 신(神)이란 것은 양(陽)의 영입니다. 대개 귀와 신은 조화의 자취요, 음과 양 두 기운의 *양능이지요. 살아 있을 때는 사람이라 하고 죽

• 양능(良能) : 배우지 않고도 행할 수 있는 타고난 재능.

고 나면 귀신이라 하지만, 이 두 가지의 본질은 다른 것이 아닙니다."

"세상에는 귀신에게 제사 지내는 예법이 있는데, 제사를 받는 귀신과 조화의 귀신은 다릅니까?"

"다르지 않습니다. 선생은 어찌 그것을 모르십니까? 옛 성현은 '귀신은 형체도 없고 소리도 없다' 라고 하셨습니다. 하지만 물질의 시작과 끝은 음과 양이 어울리고 흩어짐에 따른 것입니다. 천지에 제사 지내는 것은 음양의 조화를 공경하기 때문이요, 산천에 제사 지내는 것은 기의 변화의 오르내림에 보답하기 위함이요, 조상에게 제사 지내는 것은 그 은혜에 보답하기 위함이요, 또 *육신에게 제사 지내는 것은 화를 면하기 위함입니다. 이 모든 것들이 사람으로 하여금 공경하는 마음을 갖게 하기 위해서입니다. 그들은 형체를 뚜렷이 가지고 있어서 인간에게 화와 복을 망령되이 주는 것은 아니지만, 사람들은 향불을 살라 슬퍼하면서 귀신이 곁에 있는 것처럼 행동하지요. 공자님께서 이른바 '귀신은 공경하면서도 멀리해야 한다' 라고 하신 말씀은, 확실히 이것을 일러주신 겁니다."

"인간 세상에는 요괴들이 나타나서 많은 사람들을 해치

形 모양형 6급 7획 / 體 몸체 6급 23획

• 육신(六神) : 동서남북과 중앙을 다스리는 여섯 신

고 속이고 있습니다. 이것들 또한 귀신이라고 할 수 있습니까?"

"귀란 굽힌다는 뜻이요, 신이란 편다는 뜻입니다. 굽혔다가 펼 수 있는 것은 조화의 신이지요. 그러나 굽혔다가 펴지 못하는 것이 있으니, 바로 *울결된 요괴들입니다. 조화의 신은 조화와 어울린 까닭으로 처음부터 끝까지 음양과 더불어 존재하나, 그 형태는 없습니다. 그러나 요괴들은 울결된 까닭으로 인간과 혼동되고 사람들을 원망하며, 그 형태가 있습니다.

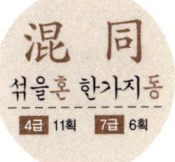

산에 사는 요물은 초라 하고, 물에 사는 괴물은 역이라 하며, 계곡에 사는 괴물은 용망상이라 하고, 산에 사는 괴물은 기망량이라 합니다. 만물을 해치는 요물은 여라 하고, 만물을 번뇌하게 만드는 요물은 마라 하며, 만물에 붙어 사는 요물은 요라 하고, 만물을 현혹하는 요물은 매라 합니다. 이들은 모두 귀입니다.

음양의 변화를 마음대로 하는 것이 곧 신이니, 신이란 것은 신묘함을 이르는 것입니다. 하늘과 사람이 같은 이치이고 현상계와 본체계가 차이가 없습니다. 근원으로 돌아가는 것을 정(靜)이라 하고, 천명을 회복하는 것을 상(常)이

•울결(鬱結) : 가슴에 맺힌 것이 있어 풀어지지 않음.

라 하며, 시작과 끝을 조화와 함께 하면서도 그 조화의 자취를 알 수 없으니 이것이 바로 이른바 도입니다. 그러므로 일찍이 '귀신의 덕이 성하기도 하다'라고 한 것입니다."

"저는 일찍이 불자들로부터 하늘 위에는 극락이라는 즐거운 곳이 있고 땅 밑엔 지옥이라는 고통스러운 곳이 있다고 들었습니다. *명부에는 *시왕을 배치하여 열여덟 지옥의 죄인을 <u>문초</u>한다고 하더군요. 그 말이 정말입니까? 또 사람이 죽은 지 이레가 지난 후 그 영혼을 위해 부처님께 공양드리고 재를 베풀며, 대왕께 제사를 드리며 지전을 사르면 지은 죄가 면해진다고 했습니다. 비열하고 포악한 사람들을 왕께서는 너그러이 받아주십니까?"

왕이 크게 놀라며 말했다.

"나는 그런 말을 들은 적이 없습니다. 옛사람이 말하기를 한 번 음이 되고 한 번 양이 됨을 도(道)라 했고, 한 번 열리고 한 번 닫힘을 변(變)이라 했으며, 낳고 또 낳음을 역(易)이라 했고, 망령됨이 없음을 성(誠)이라 했습니다. 사리가 이와 같을진대 어찌 건곤 밖에 또 건곤이 있으며, 천지 밖에 또다시 천지가 있겠습니까? 왕이라는 것은 모든 백성이 하나로 받드는 명칭입니다. *삼대 이전에는 모든

問招
물을문 부를초
7급 11획 4급 8획

• 명부(冥府) : 저승의 법정.

• 시왕(十王) : 저승에 있다는 열 명의 임금.

• 삼대(三代) : 중국의 하(夏), 은(殷), 주(周) 세 왕조를 가리킨다.

백성의 주인을 모두 왕이라 했으며 다른 이름을 쓰지 않았습니다.

공자님께서 《춘추》를 쓰실 때 후세의 뭇 왕들이 바꿀 수 없는 큰 법칙을 세우고 주나라 왕실을 존중하며 천왕이라 이름했지만, 왕이란 명칭에 더 이상의 것을 더할 수는 없었습니다. 그런데 진시황이 *여섯 나라를 멸망시키고 천하를 하나로 만든 후, '나의 덕은 삼황을 합한 것이요, 공은 오제보다 낫다' 라고 말하고는 왕의 칭호를 고쳐 황제라고 했습니다. 그 당시에는 외람되게도 왕이라 일컬은 사람이 많

法 則
법법 법칙칙
5급 8획 5급 9획

• 여섯 나라 : 중국 전국 시대의 초(楚), 제(齊), 연(燕), 한(韓), 위(魏), 조(趙)의 여섯 나라.

았습니다. 마치 위나라, 초나라 군주처럼 말입니다. 그때부터 왕이란 명분이 어지러워졌습니다.

문왕, 무왕, 성왕, 강왕의 존귀한 칭호도 이미 땅에 떨어지고 말았습니다. 그리고 세상 사람들은 아는 것이 없어서, 속세의 인정으로 서로 외람된 일을 하니 이는 도라고 일컬을 것이 못 됩니다. 그러나 신의 세계에서는 존엄함을 숭상하니, 어찌 한 지역에 왕이 그렇게 많겠습니까? 선생은 한 하늘에는 두 개의 해가 없고, 한 나라에는 두 왕이 없다는 말을 듣지 못했습니까? 그러니 그런 말은 믿을 것이 못 됩니다. 재를 베풀어 영혼을 달래고, 왕에게 제사한 후 지전을 사르는 일들이 무엇을 위함인지 나는 이해하지 못하겠습니다. 선생은 인간 세상의 속임수를 낱낱이 말씀해 주십시오."

박생은 자리에서 물러나더니 옷깃을 여미고 설명했다.

"인간 세상에서는 부모가 세상을 떠나신 지 사십구 일이 되면 신분의 높고 낮음을 가릴 것 없이, 상과 장의 예를 돌보지 않고 오로지 절에 가서 재를 올리는 것을 일삼고 있습니다. 부유한 사람들은 돈을 지나치게 쓰면서 남에게 자랑합니다. 가난한 사람들은 밭과 집을 팔고 금전과 곡식을 빌

려서, 종이를 새겨 기를 만들고 비단을 올려 꽃을 만들고 여러 중들을 초대하여 공양을 드립니다. 불상을 세우고 *도사로 하여금 *범패를 소리 높여 외우게 하는데, 마치 새가 울고 쥐가 찍찍거리는 것 같을 뿐 그 의미와 말하고자 하는 바를 알 수 없습니다.

意 味
뜻 의   맛 미
6급 13획 4급 8획

상주 된 사람은 아내와 자녀를 거느리고 친척과 친구들을 불러모으므로, 남녀가 뒤섞여서 대소변이 낭자하니 깨끗한 세상은 더러운 뒷간으로 바뀌고, 고요한 곳은 요란스러운 시장으로 바뀌게 됩니다. 또 이른바 시왕상을 모셔놓고 음식을 차려 제사 지내고, 지전을 살라 죄로부터 벗어나기를 바랍니다. 시왕이 예의를 돌아보지 않고 탐욕을 내어 이를 받을까요? 아니면 법도를 살펴 그 법에 따라 무거운 벌을 줄까요? 이것이 제게는 매우 답답한 일이었으나 감히 말하지는 못했습니다. 청컨대 제게 이 일에 대해 말씀해 주십시오."

왕은 말했다.

"아아, 그런 지경까지 이르렀군요. 무릇 사람이 세상에 날 때 하늘은 성(性)을 내려주셨고 땅은 그를 길러주셨습니다. 임금은 법으로써 다스리고, 스승은 도리로써 가르치

• 도사(導師) : 불교의 법회에서 의식을 행하는 승려.

• 범패(梵唄) : 석가여래의 공덕을 찬미하는 노래.

며, 부모는 은혜로써 길러주셨습니다. 이로 말미암아 오륜이 차례가 있게 되고, 삼강이 문란하지 않게 되었습니다. 이를 따르면 좋은 일들이 생기고 거스르면 재앙이 생기게 되니, 좋은 일과 재앙은 사람이 뿌린 대로 거두게 됩니다. 사람이 죽으면 정신과 기운은 곧 흩어집니다. 혼은 하늘로 다시 올라가고, 육신은 흙먼지로 돌아가게 되니, 어찌 다시 어두컴컴한 저승에 머무르는 일이 있겠습니까?

肉 身
고기육 몸신
4급 6획 6급 7획

또 원한을 품은 혼백과 횡사나 요절한 귀신은 그 정해진 죽음을 얻지 못한 탓에 기운을 펴지 못하니, 모래먼지 날리는 싸움터에서 시끄럽게 울기도 하고 생명을 버린 원한 맺힌 집에서 처량하게 울기도 합니다. 혹은 무당에게 위탁해서 사정을 해 보기도 하고 다른 사람에게 의지해서 원망을 풀려고도 하는데, 비록 당시에는 정기가 흩어지지 않고 있지만 결국은 조짐이 없어지고 말 것입니다. 어찌 이들이라고 잠깐 명부에 모습을 나타내어 지옥의 벌을 받는 일이 있겠습니까? 이는 사물의 이치를 연구하는 선비라면 마땅히 짐작할 수 있습니다.

부처님께 재를 올리고, 시왕께 제사 지내는 일은 정말 속임수입니다. 또 재란 말은 깨끗하다는 뜻인데, 즉 깨끗하지 못한 것을 정화하여 깨끗한 것으로 만드는 것입니다. 부처란 깨끗함을 이름이요, 왕이란 존엄함을 이르는 것입니다. 왕이 수레를 요구하고 금을 요구한 일은 《춘추》에서 비판받았고, 불공에 돈과 비단을 사용하는 일은 한나라, 위나라 때 시작된 것입니다. 어찌 깨끗한 부처님이 세속의 공양을 받으실 것이며, 저승의 귀신이 속세의 형벌에 제멋대로 관여하겠습니까? 이것도 또한 이치를 연구하는 선비로서는 마땅히 헤아려 볼 문제입니다."

關 與
관계할관 더불여
5급 19획 4급 14획

박생은 또 물었다.

"사람이 윤회에서 그치지 않고 이승을 떠나면 저승에서 산다는 말에 대해 들려주시겠습니까?"

"정기가 흩어지지 않았을 때는 윤회할 것 같기도 하지만, 시간이 오래 지나면 정기가 흩어져서 모두 소멸되는 것입니다."

"그런데 대관절 대왕께서는 어찌하여 이런 이역에서 왕이 되셨습니까?"

"나는 세상에 있을 때 왕께 충성을 다하며 용기를 내어 도적들을 토벌했습니다. 그러고는 죽어서 흉한 귀신이 되어 도적들을 죽여 없애겠다고 맹세했습니다. 죽은 후에도 그 소원이 남아 있었고 충성심이 사라지지 않았기 때문에, 이 흉악한 곳에 와서 왕이 된 것입니다. 지금 이 땅에서 나의 지배를 받고 사는 사람들은 모두 전생에 대역무도하거나 간흉스러웠던 자들입니다. 그들은 이 땅에 의지해 살면서, 내게 구속을 받아 나쁜 마음을 고치려 하고 있습니다. 그러므로 정직하고 사심 없는 사람이 아니면 하루라도 이 땅의 왕이 될 수 없습니다. 내가 말을 들으니, 선생은 정직하고 뜻이 굳어 세상에 있으면서 지조를 굽히지 않았다 하니 참으로 달인입니다.

그러나 그 뜻을 세상에서 한 번도 펴보지 못했으니 마치 *형산의 옥이 먼지투성이 벌판에 버려지고, *명월이 깊은 연못에 잠긴 것과 같습니다. 뛰어난 장인을 만나지 못하면 누가 보물인 줄 알겠습니까? 그러니 어찌 애석하다고 하지 않겠습니까? 나는 시운이 이미 끝나 장차 이 자리를 떠나야 하겠고, 선생 또한 수명이 이미 다했으므로 곧 잡초 속에 묻혀야 합니다. 이 나라를 맡아 다스릴 사람이 선생이 아니고 누구겠습니까?"

이에 왕은 잔치를 열고 마음껏 즐겼다. 이윽고 왕은 박생에게 삼한의 흥망의 자취에 대해 물었다. 화제가 고려의 건

• 형산(荊山)의 옥 : 중국 춘추시대 초나라의 변화(卞和)라는 사람이 형산에서 귀한 옥을 얻었다는 고사에 비롯되어, 천하의 보옥을 뜻한다.

• 명월(明月) : 구슬 이름.

국에 이르자 왕은 탄식하고 서러워하기를 두세 번 하더니 말했다.

"나라를 다스리는 사람은 폭력으로 백성을 위협해서는 안 됩니다. 백성들이 두려워해서 복종하는 것 같지만, 마음속엔 **반역**할 뜻을 품고 있습니다. 그것이 쌓여 시일이 지나면 마침내 큰일이 벌어지게 되는 것입니다. 덕망이 없는 사람이 힘으로써 왕위에 올라서는 안 됩니다. 하늘은 곡진하게 타이르지 않더라도 행사로써 보여 처음부터 끝까지 이르게 합니다. 상제의 명은 실로 엄합니다. 대개 나라는 백성의 나라이고, 명은 하늘의 명입니다. 천명이 이미 가버리고 민심이 이미 떠나면, 자기 몸 하나를 보전하고자 해도 어찌할 수 있겠습니까?"

反 逆
돌이킬반 거스릴역
6급 4획 4급 10획

박생이 다시 역대 제왕들이 이도를 숭상하다가 끝내는 재앙을 당한 것을 이야기하니, 왕은 이맛살을 찌푸리면서 말했다.

"백성들이 왕의 공덕을 칭송하는데도 물난리나 가뭄이 닥치는 것은 하늘이 왕으로 하여금 모든 일에 삼갈 것을 거듭 경고하기 때문입니다. 그러나 백성들이 왕의 정사를 원망하는데도 상서로운 일이 일어나는 것은 요괴가 왕에게 아첨하여 더욱 교만하고 방종하게 만들려 하기 때문입니다. 비록 제왕에게 상서로운 일이 일어난다고 하더라도 어찌 백성들이 편안하겠습니까? 그렇다고 원통함을 말하겠습니까?"

박생이 말했다.

"간사한 신하들이 벌 떼처럼 일어나고, 큰 난리가 계속 일어나는데도 왕은 백성들을 위협하고 그것을 잘한 일로 생각하고, 후세에까지 이름 남기기를 탐낸다면 어찌 나라가 편안할 수 있겠습니까?"

왕은 한동안 묵묵히 생각하다가 탄식하면서 말했다.

"선생의 말씀이 옳습니다."

잔치를 마친 후 왕은 박생에게 왕위를 물려주기 위해 곧 손수 글을 지어 내리니, 그 내용은 다음과 같았다.

염주의 땅은 실로 *장려가 유행하는 나라이다. *우왕의 발자취도 이르지 못했고, *목왕의 준마들도 미치지 못했다. 붉은 구름이 해를 가리고, 독한 안개가 공중을 막고 있으며, 목이 마르면 더운 김이 오르는 구리를 마셔야 하고, 배고프면 불에 쬐어 말린 뜨거운 쇠를 먹어야 하니,

流 行
흐를류 다닐행
5급 10획 | 6급 6획

• 장려(瘴癘) : 동식물의 사체에서 만들어지는 독인 장기(瘴氣)로 인하여 생기는 병.

• 우왕(禹王) : 중국 하(夏)나라의 제왕. 홍수를 다스리기 위해 9주를 돌아다녔다고 한다.

• 목왕(穆王) : 중국 주(周)나라의 왕으로, 여덟 마리 준마를 타고 천하를 돌아다녔다고 한다.

*야차나 *나찰이 아니면 그 발을 붙일 데가 없으며 도깨비 무리가 아니면 그 기운을 펼 수가 없는 곳이다. 불꽃이 타오르는 성은 천 리나 되며 쇠로 된 산악은 만 겹이나 된다. 백성들의 풍속은 강하고 사나우니, 정직한 사람이 아니면 그들의 간사한 것을 분별할 수 없다. 지세는 요철이 심하니, 신과 같은 위엄 있는 사람이 아니면 그들을 교화시킬 수 없다.

오호라! 동쪽 나라에서 온 어떤 사람이 정직하고 사심이 없으며 강직하고 결단력이 있어, 여러 사람을 포용하는 덕을 갖추고 있다. 몽매한 사람을 깨우쳐 줄 재주를 갖고 있다.

입신하여 출세하는 것이 비록 살아 있을 동안에는 없었지만, 기강을 바로잡는 일은 실로 죽은 후에 있을 것이다. 모든 백성이 영원히 신뢰할 사람이 선생이 아니고 누가 있으랴. 의당 덕으로 이끌고 예로 다스려 백성들을 지극히 착하게 만들어 주고, 몸소 실천하고 마음으로 깨달아 비리건대 세상을 온화하고 즐겁게 만들어야 할 것이다. 하늘을 본받아 법을 세우신 요임금이 순임금에게 왕위를 물려주신 일을 본받아 이 자리를 선생에게 주노니, 아아 선생은 조심

溫 和
따뜻할온 화할화
6급 13획   6급 8획

• 야차(夜叉) : 귀신의 이름. 생긴 것이 매우 추악하며 잔인하게 사람을 해친다고 한다.

• 나찰(羅刹) : 악한 귀신의 하나. 사람을 잡아먹으며 지옥에서 죄인들을 못 살게 군다고 한다.

하고 공경할지어다.

박생은 그 글을 받아들고 두 번 절하고 물러나왔다. 왕은 신하와 백성들에게 영을 내려 축하하게 하고 태자의 예로써 그를 전송했다.

이때 왕이 다시 박생에게 말했다.

"오래지 않아 돌아와야 합니다. 수고롭지만 이번에 가거든 우리가 나눈 말들을 인간 세상에 전파하여 황당한 일들을 모조리 없애 주십시오."

박생은 다시 두 번 절을 올려 감사의 뜻을 표했다.

"감히 왕의 뜻을 백성들에게 알림에 있어서 만에 하나라도 게으름이 있겠습니까?"

문 밖으로 나오는데 수레를 끄는 사람이 발을 헛디뎌서 수레가 넘어졌다. 이때 박생도 넘어졌는데, 깜짝 놀라 일어나니 한바탕 꿈이었다.

눈을 뜨고 바라보니 책은 **책상** 위에 놓여 있고 등잔불은 꺼져 가고 있었다. 그는 의아한 마음으로 오랫동안 생각하다가 장차 자신이 죽을 것을 짐작했다. 그는 날마다 집안일을 정리하는 데 마음을 기울였다.

冊 床
책 책　상 상
4급 5획　4급 7획

몇 달 후 박생은 병이 났는데, 결코 일어나지 못할 것을 알고는 **의원**도 무당도 사절한 채 마침내 세상을 떠났다.

그가 막 세상을 떠나려 하던 날 저녁, 이웃집 사람들의 꿈에 어떤 신인이 나타나서 말했다.

"너희 이웃집 사는 박생은 장차 염라대왕이 될 것이다."

醫 員
의원의 인원원
6급 18획 4급 10획

핵심⁺ 〈금오신화〉에 나타난 김시습의 사상

　　김시습은 유교를 믿으면서도 불교·도교의 원리를 받아들여 하나의 학문적 체계를 이루고 있었다. 따라서 〈금오신화〉에도 유·불·도의 색채가 골고루 잘 나타나 있다. 그는 유교의 가르침을 근거로 하여 세상 사람들의 귀신 숭배, 기도 행사 등 사람들을 속이고 세상을 어지럽히는 모든 행동을 배격했고, 나라를 다스리는 임금은 반드시 덕망이 있고 백성을 사랑해야 하며, 어떤 폭력으로도 백성을 억눌러서는 안 된다는 점을 강조하고 있다.

好樂好樂 한자 노트

사이간 | 총 12획 | 부수 門 | 7급

햇살(日)이 문(門)으로 들어오니, '사이'나 '틈'을 나타낸다.

間隔(간격) : 공간적·시간적으로 벌어진 사이.
間食(간식) : 끼니와 끼니 사이에 먹는 음식.
空間(공간) : 아무것도 없는 빈 곳.
民間(민간) : 일반 백성들 사이.

내가 찾은 사자성어

개견　원숭이원　갈지　사이간
犬　猿　之　間
견　원　지　간

내용 》 개와 원숭이의 사이라는 뜻으로, 사이가 매우 나쁜 두 사람의 관계를 비유적으로 이르는 말.

주공(周公)

중국 주(周)나라의 정치가이다. 주왕조를 세운 문왕(文王)의 아들이며 무왕(武王)의 동생으로, 이름은 단(旦)이다. 예악(禮樂)과 법도(法度)를 제정하여 주왕실 특유의 제도 문물을 창시했다. 무왕이 죽은 뒤 나이 어린 조카 성왕(成王)이 제위에 오르자, 섭정으로서 그를 도와 주왕조의 기초를 튼튼히 했다. 저서에 《주례(周禮)》가 있다.

끝말 | 총 5획 | 부수 木 | 5급

나무(木)의 끝 부분에 있는 가지로, '끝', '마지막'을 뜻한다.

末期(말기) : 정해진 기간이나 일의 끝 무렵.
末年(말년) : 어떤 시기의 마지막 몇 해 동안.
末席(말석) : 좌석의 차례에서 맨 끝 자리.
終末(종말) : 계속된 일이나 현상의 맨 끝.

놀며 배우는 파자놀이

양의 뿔과 머리 모양을 본뜬 글자는?

≫ 답은 羊(양 양).

5

용궁부연록

　송도에는 *천마산이 있다. 산이 높아 마치 하늘에 닿을 듯하며 가파르고 수려하다 하여 그런 이름이 붙여졌다. 그 산 속에 *용추가 하나 있는데, 이름을 표연이라 한다. 둘레는 얼마 되지 않으나 깊이가 몇십 자가 되는지 알 수 없으며, 못물이 넘쳐서 **폭포**를 이루고 있는데 그 높이가 백여 길이나 될 것 같았다. 경치가 맑고 아름답기 때문에 송도에 놀러 온 사람들은 반드시 이곳을 보고 돌아갔다.

　또한 예부터 이 못에 신령스러운 존재가 살고 있다는 이야기가 여러 전기에 실려 오므로, 나라에서는 해마다 명절이 되면 소를 잡아서 제사를 지냈다.

　고려 때 한씨 성을 가진 서생이 살고 있었다. 젊어서부터 문장에 능하다고 조정에 알려져서 문사로 칭송을 받았다.

　어느 날 한생은 거처하는 방에서 해가 저물 때까지 앉아 있었는데, 문득 푸른 베옷을 입고 *복두를 쓴 관리 두 사람이 허공으로부터 내려와서 뜰에 엎드렸다.

　"표연의 신룡께서 모셔오라고 하십니다."

- 천마산(天磨山) : 개성 송악산 북쪽에 있는 산.

- 용추(龍湫) : 폭포가 떨어지는 힘으로 팬 큰 웅덩이.

- 복두(幞頭) : 귀인이 쓰던 모자.

한생은 깜짝 놀라 얼굴빛이 변했다.

"신과 인간 사이는 막혀 있는데, 어찌 서로 통할 수 있겠습니까? 더구나 **수부**는 길이 아득하고 물결이 사나우니, 어찌 갈 수 있겠습니까?"

두 사람이 말했다.

"빠른 말이 있어 문 밖에 준비해 놓았습니다. 바라건대 사양하지 마십시오."

그들은 몸을 굽혀 한생의 소매를 잡고 문 밖으로 나갔다. 과연 밖에는 말 한 필이 있었는데, 금으로 만든 안장과 옥으로 만든 굴레에 누런 비단으로 배띠를 둘러놓았는데, 날개가 돋쳐 있었다. 그 곁에는 붉은 두건으로 이마를 감싸고 비단 바지를 입은 10여 명의 시종들이 서 있었다.

그들이 한생을 부축하여 말 위에 태우니, 일산을 든 사람이 앞에서 인도하고 기생과 악공들이 뒤를 따랐다. 그리고 뜰에 엎드렸던 두 사람은 홀을 손에 잡고 따랐다.

말이 공중으로 날아오르니 단지 발 아래로 보이는 깃이라고는 자욱한 연기와 구름뿐, 땅에 있는 것들은 볼 수가 없었다.

잠시 후 한생은 용궁문 밖에 도착했다. 말에서 내리니 문

水 府
물수 마을부
8급 4획 4급 8획

지기들이 방게, 새우, 자라의 갑옷을 입고 창을 들고 늘어서 있는데, 그 눈자위가 한 치나 되었다. 그들은 한생을 보더니 모두 머리를 숙여 절하고는 자리와 의자를 놓고 쉬기를 청했다. 미리 기다리고 있었던 듯했다.

그를 인도한 두 사람이 재빨리 안으로 들어가 전하니, 금방 푸른 옷을 입은 동자 둘이 나와 손을 모으고 공손히 인도했다. 그는 천천히 걸어가다가 궁궐의 문을 바라보니 '함인지문'이라는 글씨가 붙어 있었다.

한생이 문 안으로 들어가니 용왕이 *절운관을 쓰고 칼을 찬 채, 손에 죽간을 쥐고 섬돌 아래로 내려와서 맞이했다. 용왕은 그를 이끌고 전각으로 올라가 앉기를 청하니, 그것은 수정궁 안에 있는 백옥 걸상이었다.

한생은 엎드려 간곡하게 사양하며 말했다.

"저는 땅에 사는 어리석은 백성으로서 초목과 함께 썩을 몸이온데, 어찌 감히 신성한 용왕님께 융숭한 대접을 받을 수 있겠습니까?"

용왕이 말했다.

"오랫동안 고귀하신 명성을 들어 왔는데, 오늘에야 모시게 되었습니다. 부디 의아하게 보지 마십시오."

高 貴
높을고 귀할귀
6급 10획 5급 12획

• 절운관(切雲冠) : 구름을 꺾은 것처럼 높고 우뚝한 모양의 관.

그리고 손을 내밀어 앉기를 청했다.

한생은 세 번 사양한 후 자리에 올랐다. 용왕은 남쪽을 향해 칠보로 꾸민 화려한 의자에 앉았고, 한생은 서쪽을 향해 앉았는데, 채 자리를 잡기 전에 문지기가 와서 말을 전했다.

"손님께서 오셨습니다."

용왕이 다시 문 밖으로 나가서 영접했다.

세 사람이 붉은 도포를 입고 아름다운 보연을 타고 나타났다. 그 위엄 있는 거동과 따르는 시종들로 보아 왕임에 틀림없었다.

용왕은 다시 그들을 전각 위로 인도했다. 한생은 들창 밑으로 몸을 감추었다. 그들이 자리를 잡은 후에 인사를 청해야겠다고 생각한 것이다.

용왕은 그들 세 사람을 권해서 동쪽을 향해 앉히고는 말했다.

"마침 밝은 세상에 사는 문사 한 분을 모셔왔습니다. 여러분께서는 서로 의아하게 생각지 마십시오."

용왕은 좌우에 명령을 내려 한생을 모셔오게 했다.

한생이 나아가서 인사를 하니 그들도 모두 머리를 숙여

七寶
일곱칠 보배보
8급 2획 4급 20획

답례를 했다.

한생은 자리에 앉기를 사양하면서 말했다.

"여러 신들께서는 지극히 귀하시지만, 저는 한낱 가난한 선비에 불과합니다. 감히 높은 자리에 오를 수 있겠습니까?"

한생이 윗자리를 굳이 사양하니 그들이 말했다.

"어두운 세상과 밝은 세상은 길이 달라 서로 함께할 수는 없습니다. 하지만 용왕님께서는 위엄이 있으실 뿐만 아니라 사람을 보는 안목 또한 매우 밝으십니다. 선생은 틀림없이 인간 세계의 문장 대가이실 것입니다. 용왕님의 분부이니, 청컨대 거절하지 마십시오."

용왕이 말했다.

"어서들 앉으십시오."

세 사람은 자리에 앉았고, 한생은 몸을 굽혀 올라가서 자리 주변에 무릎을 꿇고 앉았다.

용왕이 말했다.

"편안히 앉으십시오."

한생이 자리를 잡자 찻잔이 돌았다.

용왕이 한생에게 말했다.

"내 슬하에는 오직 딸이 하나 있을 뿐입니다. 벌써 혼인

眼　目
눈안　눈목
4급 11획　6급 5획

할 때가 되어 이제 곧 시집을 보내려고 합니다. 하지만 사는 곳이 궁벽하고 누추해서 사위를 맞이할 집도, 화촉을 밝힐 만한 방도 변변치 못합니다. 그래서 지금 따로 전각을 하나 지을까 하며, 그 집 이름을 '가회각'이라 하기로 했습니다. 장인들도 이미 모았고 목재와 석재도 모두 준비했습니다만, 다만 없는 것이 *상량문입니다. 듣자하니 선생께선 그 이름이 삼한에 널리 퍼져 있고 재주가 백가의 으뜸이

準 備
준할준 갖출비
4급 13획 4급 12획

• 상량문(上樑文) : 들보를 올릴 때 이를 축하하는 글.

라고 하므로, 특별히 멀리 사람을 보내어 모셔오게 된 것입니다. 나를 위해 글을 하나 지어 주시면 감사하겠습니다.

용왕의 말이 채 끝나기도 전에 머리를 땋은 두 아이가 들어왔다. 한 아이는 푸른 옥돌로 만든 벼루와 상죽으로 만든 붓을 받들고 있었고, 또 다른 아이는 얼음같이 새하얀 명주 한 폭을 받들고 있었다.

두 아이는 꿇어앉아서 그것을 한생 앞에다 놓았다. 한생은 엎드렸다가 일어나 붓에 먹을 찍어 글을 쓰는데, 그 글씨는 마치 구름과 연기가 서로 얽히는 듯했다. 그 글은 다음과 같았다.

마음속으로 생각건대, 천지 안에서는 용왕님이 가장 신령스럽고, 사람 사이에서는 배필이 아주 중요하다. 용왕님께서는 이미 만물을 윤택하게 공을 다하셨으니, 어찌 복을 받을 기틀이 없겠는가. * '관저호구' 는 아름다운 만남이 만 가지 조화의 시초임을 나타내는 말이며, * '비룡리견' 이라는 구절 또한 인연 있는 만남이 만상의 신령스러운 변화의 자취임을 나타내는 말이다.

이제 새로운 궁궐을 지어 훌륭한 칭호를 밝혀 게시했다.

始 初
비로소시 처음초
6급 8획 5급 7획

• 관저호구(關雎好逑) : 《시경》의 '관저' 장 '얌전한 저 처녀는 군자의 좋은 배필이로다' 를 재구성한 것이다.

• 비룡리견(飛龍利見) : 《주역》에 나오는 괘 중 '나는 용이 하늘에 있으니 뜻있는 사람을 만나기 이롭다' 를 재구성한 것이다.

이무기를 모아 힘을 내게 하고, 보물을 모아 자재로 삼으며, 수정과 산호로 기둥을 세우고, *용골과 *낭간으로 들보를 걸었으니, 구슬발을 걷으면 산 노을 푸른 숲이 보이고 옥창을 열면 골짜기에 구름이 둘러싸고 있다. 그 안에 사는 가정은 만사가 형통하여 영원히 복을 누릴 것이요, 부부가 금슬 좋게 화락하여 자손이 귀하게 되고 번성할 것이다.

풍운의 변화의 도움을 받아 영원히 조화의 공덕을 쌓으셨으니, 하늘에 오를 때나 못에 있을 때나 뭇 백성들의 안타까움을 구하셨고, 잠길 때나 솟구칠 때나 상제의 어진 마음을 도우셨으니, 그 강건함은 하늘과 땅에서 솟구치고 위엄과 덕망이 먼 곳과 가까운 곳에 넘쳐흐르고 있다. 검은 거북과 붉은 잉어는 뛰어오르며 소리를 지르고, 나무의 정령과 산도깨비도 차례대로 찾아와 축하드리고 있다. 마땅히 짧은 노래를 지어 들보에 걸어야 한다.

들보 동쪽으로 눈을 돌리니
우뚝한 아름다운 산은 푸른 하늘 버티었네.
어느 밤 우레소리 못가에 진동하니
푸른 벼랑 만 길인데 구슬 소리 영롱하네.

精 靈
정할정 신령령
4급 14획 3급 24획

• 용골(龍骨) : 용의 뼈.

• 낭간(琅玕) : 진귀한 옥.

들보 서쪽으로 눈을 돌리니

바위 끼고 돌아가는 길에 산새들 울고 있네.

찰랑찰랑 저 용추 얼마나 깊을까

깊어진 봄 물결이 *파려처럼 보이네.

들보 남쪽으로 눈을 돌리니

십 리 우거진 솔밭에 푸른 *남기 가로질러

신의 궁궐 굉장함을 그 누가 알리요.

푸른 유리 밑바닥에 그림자만 일렁이네.

蒼 空
푸를창 빌공
3급 14획 7급 8획

들보 북쪽으로 눈을 돌리니

아침해 떠오르니 못물이 푸른 거울 같네.

흰 비단 허공에 비껴 삼백 장

이상하다, 하늘 은하수가 이곳에 떨어졌나.

• 파려(玻瓈) : 불교에서
말하는 칠보의 하나로, 수
정의 일종.

• 남기(嵐氣) : 해질 무렵
멀리 보이는 푸르스름하
고 흐릿한 기운.

• 부상(扶桑) : 동쪽 바다
의 해돋는 곳.

들보 위로 눈을 돌리니

창공의 무지개를 손 뻗어 잡겠구나.

발해 땅 *부상은 천만 리

인간 세상 돌아보니 손바닥과 같구나.

들보 아래로 눈을 돌리니

안타까운 봄 들판에 아지랑이 일렁이네.

원컨대 신령스러운 물 한 방울로

온 세상에 단비를 흥건히 뿌려 보리.

엎드려 바라건대, 이 집이 완성된 후 혼례를 이룬 날에
는 만 가지 복이 모두 이르고 천 가지 상서로운 일이 이를
것이다.

完 成
완전할완 이룰성
5급 7획 6급 7획

옥으로 꾸민 궁전 위로 상서로운 구름이 성하게 어리고,
봉황 베개와 원앙 이불 위로 즐거운 소리가 들끓게 되며,
그 덕이 드러나고 그 신령이 빛나게 될 것이다.

한생은 글을 다 쓴 후 용왕에게 바쳤다.

용왕은 크게 기뻐했다. 그리고 세 신에게 차례로 보게 하
니, 세 신 모두 입을 모아 감탄하고 칭찬했다.

이에 용왕은 산치를 베풀었다.

한생은 무릎을 꿇고 말했다.

"존귀하신 신들이 모두 모이셨는데, 미처 존함을 묻지
못했습니다."

용왕이 말했다.

"선생은 밝은 세상에 사시니 모르시는 게 당연합니다. 이 세 분 가운데 첫째 분은 *조강의 신이요, 둘째 분은 *낙하의 신이며, 셋째 분은 *벽란의 신입니다. 내가 선생과 더불어 자리를 함께할까 하여 이렇게 초대한 것입니다."

술이 나오자 음악이 울리기 시작했다. 어디선가 미인 십여 명이 푸른 소매를 하늘거리며 머리 위에 옥으로 만든 꽃을 꽂고 나타났다.

그들은 앞으로 나왔다가 뒤로 물러갔다 춤을 추며 *벽담곡을 불렀다.

度 量
법도도 헤아릴량
6급 9획 5급 12획

푸른 산은 울창하고 푸른 못은 깊기도 하구나.
솟구치는 산골 물, 하늘 은하수에 닿을 듯하네.
만약 임이 저 가운데 계시다면, 패옥 소리 쟁쟁하네.
빛나는 위엄이여, 걸출하신 기개와 도량이여
좋은 시절 좋은 날, 봉황새가 우는 때라네.
날아오를 듯 화려한 집에 상서로움이 우뚝하네.
문사를 모셔 좋은 글을 얻으니 들보 위에 노래 걸고
술 부어 잔 돌리고 제비처럼 봄날 햇살을 즐기네.

향로에선 담담한 향내 피어나고, 돌솥에선 붉은 죽 끓네.

둥둥 북을 두드리고, 피리를 불며 행진하네.

용왕님 근엄하게 앉아 계시니, 지극한 덕 결코 잊을 수 없겠네.

춤이 끝나자 다시 십여 명의 청년들이 왼손에는 피리를 쥐고 오른손에는 새 깃털로 만든 일산을 들고 서로 돌아보면서 *회풍곡을 불렀다.

산기슭에 계신 임은 덩굴풀과 이끼로 옷 입었네.

저문 날 맑은 물결은 생생한 무늬 고운 비단 같네.

나부끼는 바람에 귀밑머리 흩어지고, 새털 같은 구름에 옷자락 나부끼네.

빙글빙글 돌며 느릿느릿, 예쁜 웃음 서로가 만났네.

내 입은 홑겹 옷을 여울 위에 던지고, 내 낀 가락지는 모래밭에 던졌네.

이슬 촉촉이 정원 풀 위에 내리고, 우뚝한 산에 연기 끼네.

멀리 바라보는 봉우리는 들쭉날쭉, 마치 강 위의 푸른 소라 같네.

• 회풍곡(回風曲) : 가곡의 이름. '회풍'은 회오리바람.

드문드문 징소리, 취해 추는 춤은 이리 비틀 저리 비틀.
못물처럼 많은 술에 언덕처럼 쌓인 고기
손님이 이미 취했으니 새 노래를 불러 보세.
몸을 부축하여 서로 끌며, 손뼉을 마주치며 껄껄 웃네.
옥 술병 두드리며 남김없이 마셨으니, 맑은 **흥취** 다하
자 슬픈 마음 솟아나네.

興 趣
일흥 뜻취
4급 16획 4급 15획

춤이 끝나자 용왕은 기뻐하며 술잔을 씻고 다시 술을 채
워 한생에게 권했다. 그리고 스스로 옥으로 만든 피리를 불
고 수룡음 한 곡을 노래하며 즐거운 정을 한껏 표현하니,
그 가사는 다음과 같았다.

여러 악기 흥겨운 가운데 술잔이 돌아가니
기린 새긴 향로에서 푸른 용뇌 피어오르네.
가로지르는 옥피리 소리에 천상의 구름 흔적도 없네.
사나운 파도소리에 굽이치는 풍월
경치는 한가한데 사람은 늙어 가니
애닯구나, 세월은 화살같이 빠르도다.
풍류가 좋다마는 꿈과도 같아

즐거움 지나가니 번뇌가 생겨나네.

서산에 비단 같은 남기 초저녁에 흩어지니

기쁘도다, 동산에 둥근 달이 찾아오네.

잔을 들어 청천명월에게 묻노니

세상사 좋고 그른 것 몇 번이나 보았는가.

금잔에 술을 가득 부으니, 취한 풍채 보기 좋아라.

그 누가 술 권했을까, 이 멋진 손님에게.

구름과 흙탕물에 막힌 기운 벗어나서

푸른 하늘 오르듯이 유쾌하게 놀아보세.

風 采
바람풍 풍채채
6급 9획 2급 8획

핵심⁺ 몽유록(夢遊錄)

　　꿈속의 일을 소재로 하여 구성된 작품을 말한다. 내용의 대부분은 작자가 꾼 꿈으로 이루어져 있다. 현실세계의 주인공이 꿈을 통해 다른 세계로 들어가 여러 가지 경험을 하고, 꿈에서 깨어 다시 현실세계로 되돌아온다는 이야기이다. 현실−꿈−현실로 진행되는 액자 구성을 취하고 있다. 예부터 꿈은 문학의 중요한 소재가 되어 왔는데, 특히 몽유록은 조선 시대 중기에 크게 유행했다. 〈금오신화〉는 꿈을 소재로 한 작품 중 몽유전기 소설에 속한다고 할 수 있다.

好樂好樂 한자 노트

庭

뜰정 | 총 10획 | 부수 广 | 6급

벽 없이 지붕(广)만 덮인 조정(廷)의 작은 '뜰'을 뜻하여 된 글자이다.

庭球(정구) : 경기장 중앙 바닥에 네트를 가로질러 치고 그 양쪽에서 라켓으로 공을 주고받아 승패를 겨루는 구기 경기.

庭園(정원) : 집 안에 있는 뜰이나 꽃밭.

家庭(가정) : 한 가족이 생활하는 집.

親庭(친정) : 결혼한 여자의 본집.

놀며 배우는 파자놀이

실개천을 본떠 만든 글자는?

≫ 답은 川(내 천).

상죽(湘竹)

상강(湘江) 부근에서 자란다는 반죽(斑竹)이다. 반죽은 알록달록한 대나무를 가리키는데, 그 무늬는 순(舜)임금의 두 부인인 아황과 여영이 흘린 눈물 자국이라고 한다. 《박물지(博物誌)》에 '순임금이 세상을 떠나니 두 왕비는 눈물을 뿌리며 슬피 울어 대나무가 울긋불긋하게 물들었다'라는 구절이 있다.

서로상 | 총 9획 | 부수 目 | 5급

나무(木) 위에서 내려다보면(目) 더 잘 보이니, '서로' 살핀다는 뜻이다.

相談(상담) : 문제를 해결하거나 궁금증을 풀기 위하여 서로 의논함.
相面(상면) : 서로 만나서 얼굴을 마주봄.
相通(상통) : 서로 마음과 뜻이 통함.
人相(인상) : 사람 얼굴의 생김새.

놀며 배우는 파자놀이

자기 몸을 매로 쳐서 잘못을 고치는 것은?

» 답은 改(고칠 개). 己는 몸, 攵은 매로 친다는 뜻.

호반무 그릇기

4급 8획 4급 16획

• 곽개사(郭介士) : 게.

• 남정(南井) : 별 이름.
그 곁에 거해성(巨蟹星)이
있다.

• 왕윤(王倫)은 …… 미워
했으나 : 왕윤이 해계(蟹
系)라는 사람과 원수가 되
어, 물 속에 있는 해(蟹),
즉 게까지도 미워했다는
고사를 인용한 것이다.

• 전곤(錢昆)은 …… 생각
했습니다 : 전곤은 여항(餘
杭) 사람으로 평소에 게를
즐겼다고 한다.

• 필이부(畢吏部)의 ……
들어갔고 : 필이부는 진나
라 때 이부상서 벼슬을 지
낸 필탁(畢卓)이다. 게를
무척 즐겨 먹었다 한다.

• 한진공(韓晉公)의 ……
그려졌습니다 : 한진공은
당나라 때 화공 한황(韓
滉)이다. 인물화나 동물화
에 능했는데, 특히 방게
그림을 매우 잘 그렸다고
한다.

노래를 마친 후, 용왕은 좌우를 돌아보며 말했다.

"여기서의 놀이는 인간 세상과 같지 않으니, 그대들은 귀한 손님을 위하여 재주를 보이도록 하라."

이때 스스로 *곽개사라고 밝힌 이가 발을 들고 모로 걸어나와 말했다.

"저는 바위틈에 숨어 사는 선비요, 모래 구멍에 한가히 지내는 사람입니다. 팔월에 바람이 맑으면 동해가에서 벼 까끄라기를 쏟아내고, 하늘에 구름이 흩어질 때는 *남정 근처에서 광채를 띠기도 합니다. 속은 누렇고 겉은 둥글며, 단단한 옷을 입고 날카로운 무기를 가졌습니다. 항상 손발이 잘린 채 솥에 들어가고, 설사 정수리를 갈더라도 사람을 이롭게 했습니다. 멋스러운 감칠맛으로 장사를 기쁘게 하고, 옆걸음질치는 꼴은 마침내 부인들에게 웃음을 주었습니다. 조나라 사람 *왕윤은 물 속에 있는 저까지도 미워했으나, 송나라 사람 *전곤은 지방에 나가 있으면서까지 저를 생각했습니다. 죽어서는 진나라 *필이부의 손에 들어갔고, 영정은 당나라 *한진공의 붓에 의해 그려졌습니다. 지금 좋은 놀이판을 만나 놀아 보려 하니, 마땅히 다리를 놀리고 맴돌아 보겠습니다."

곽개사는 곧바로 그 앞에서 갑옷을 입고 창을 쥔 채, 거품을 뿜으며 눈을 똑바로 뜨고 동자를 굴리더니 사지를 흔들기 시작했다. 비틀거리다가 재빠른 걸음으로 **앞**으로 나가고 뒤로 물러나며 *팔풍무를 추었다. 그의 동료 몇십 명이 고개를 숙여 돌며 엎드린 후 절차에 맞추어 춤을 추었다. 이에 곽개사는 노래를 지어 불렀다.

강과 바다에 의지하는 구멍 속 삶이여, 기개와 도량을 뽐낸다면 범과 함께 다투리라.

신장이 구 척이라 조공에도 넉넉하고, 종류는 열 가지라 이름도 많다네.

거룩하신 용왕님의 기쁜 잔치 참가하니, 발을 구르면서 옆으로 걸어가네.

못 속에 홀로 잠겨 있다가, 강가 개펄의 등불에 깜짝 놀랐다네.

*은혜를 갚기 위해 울어 구슬 낸 것인가, 원수를 갚기 위해 창을 휘두르는 것인가.

물에 사는 큰 족속들은 나를 비웃으며 내장이 없다 하네.

種　類
씨 종　무리 류
5급 14획　5급 19획

• 팔풍무(八風舞) : 춤의 하나로, 그 동작이 매우 음란하고 추하다.

• 은혜를 …… 구슬 낸 것인가 : 구슬은 게가 뿜어 낸 거품을 가리킨다. 인간 세계에 머물다 돌아가는 인어가 사람에게 보은하기 위해 그릇을 가져오게 하여 우니 그 눈물이 구슬이 되었다는 고사를 인용한 것이다.

하지만 가히 군자에 비할 이 몸, 뱃속에 덕이 가득하니 내장도 노랗도다.

아름다운 속살은 사지에 나뉘어 통하니, 집게발도 오동통 향기마저 어렸다네.

아아, 이 밤이 어떤 밤인가, 선경의 잔치에 왔다네.

용왕께서 위엄 있게 노래하시니, 손님들은 이미 취해 이리저리 방황하네.

황금 전각, 백옥 걸상, 돌고도는 술잔에 음악소리 울리니 앞뒷산을 울리는 묘한 악기 소리, 선부의 아홉 주발엔 신령한 액체 가득 찼네.

산귀신들 빙빙 돌며 춤을 추고, 물족속들은 이리저리 뛰노는구나.

*산에 개암이 있고 진펄에 감초풀이 있으니, 그리운 우리 임 잊을 수가 있으랴.

그가 춤추는 모양을 볼 것 같으면, 왼쪽으로 돌다가 오른쪽으로 굽으며 뒤로 물러갔다가 앞으로 내닫기도 했다. 자리에 앉은 이들은 모두 뒹굴면서 웃음을 참지 못했다.

곽개사의 놀이가 끝나자, 스스로를 *현선생이라고 밝힌

• 산에 …… 감초풀이 있으니 : 모든 생물이 성군의 덕을 입어 제자리를 차지하고 있다는 뜻이다.

• 현선생(玄先生) : 거북.

이가 꼬리를 땅에 끌고 목을 늘여 뺀 채 앞으로 나와 말했다.

"저는 *톱풀 속에 숨은 자요, 연잎 밑에서 노는 자입니다. 낙수에서 글을 등에 졌으니 이미 하나라 우임금의 공적을 나타냈고, 맑은 강에서 그물에 잡혔으니 일찍이 *원군의 계책을 이룩했습니다. 비록 배를 갈라 사람을 이롭게 할지언정 등껍질을 벗기는 것만은 감당하기 어렵습니다. 하지만 노나라 장공에게 극진한 대접을 받기도 하고, 그 등껍질이 보물로 간직되기도 했습니다. 돌 같은 내장으로 검은 갑옷을 입었으니, 제 가슴은 장사의 기상을 뽐냈습니다. 진나라 노오는 바다에서 내 등에 걸터앉았으며, 진나라 모보는 나를 강 가운데 놓아 주었습니다. 살아서는 세상을 기쁘게 하는 보배가 되고 죽어서는 신령스러운 도리를 예언하는 보물이 되었으니, 마땅히 입을 벌려 노래를 불러 천년 동안 쌓였던 회포를 풀어 보려 합니다."

그는 곧 그 앞에서 실오라기처럼 하늘거리는 기운을 토해 내기 시작하는데, 그 길이가 백여 척이나 되었다가 이느 순간 다시 들이마시자 흔적도 없이 사라졌다. 그리고 혹은 목을 움츠려 사지 속에 감추기도 하고, 혹은 목을 길게 빼어 머리를 흔들기도 했다.

計策
셀계 꾀책
6급 9획 3급 12획

• 톱풀 : 엉거시과의 다년생 풀, 그 줄기는 점치는 데 사용된다.

• 원군(元君) : 송나라 때 사람. 꿈을 꾸고 신령한 거북을 얻어 그것으로 점을 치니 실책이 없었다고 한다.

잠시 후 앞으로 조용히 걸어나와 구공무를 추면서 홀로
앞뒤로 왔다갔다 하더니, 이에 노래를 지어 불렀다.

呼 吸
부를호 마실흡
4급 8획 4급 7획

산과 연못에 의지하여 나 홀로 살아감이여,

호흡만으로도 오랫동안 살아왔구나.

천년을 살면서 *오취를 갖추고

열 개의 꼬리를 흔들며 가장 신령스러웠지.

비록 꼬리를 진흙 속에 끌고 다닐망정

*묘당에 간직됨은 내 소원이 아니로다.

연단을 하지 않아도 오래 살 수 있었고

도리를 안 배워도 영묘한 힘이 생겼지.

천년 만에 성군을 만나면 서기를 나타냈다네.

물짐승들의 우두머리가 되어 주역의 이치 연구하고

문자를 등에 지고 수를 이루었으니

길흉을 알려주어 계책을 성사시켰네.

지혜가 많다 해도 위기와 곤란은 어쩔 수 없고

능력이 많다 해도 못 미칠 일 어쩌하리.

진심을 보여도 불 위에 구워짐이여,

몸 드러냄을 두려워하여 물고기와 새우 벗삼아

• **오취(五聚)** : 다섯 가지 빛깔을 갖춤.

• **묘당(廟堂)** : 본뜻은 조정이나, 여기서는 신령스러운 거북을 간수하는 집을 가리킨다.

목을 빼고 걸음 옮겨 귀한 집 잔치에 **참석**했네.

용왕님 조화를 축하드리려 뛰어난 글솜씨 보여

술 올리자 풍악 울리니, 그 즐거움 끝이 없도다.

북 치고 통소 부니, 깊은 골짜기에 숨은 교룡 춤을 추네.

산과 연못의 도깨비들 모여들고, 강의 신령들이 모여드네.

*온교는 서각을 태워 수중 요물 다 보았고

*우정에 새겨져 수중 괴물 못 숨었네.

앞뜰에서 서로 춤추고 발구르며

혹은 농지거리하며 혹은 웃고 손뼉 치네.

서산에 해지고 바람 이니, 용이 뛰어오르고 물이 용솟음 치는데

좋은 시절 언제 다시 올까, 마음을 가다듬어도 슬픔은 어쩔 수 없구나.

노래가 끝났다. 그러나 현선생은 아쉬운 듯 황홀한 표정을 짓더니, 발을 올렸다 내렸다 하며 춤을 추었다. 그 모양이 우스꽝스러워 자리에 앉은 모든 이들은 웃음을 참지 못했다.

현선생의 놀이가 끝나자 나무와 돌에 붙어 있던 도깨비

參 席
참여할참 자리석
5급 11획 6급 10획

• 온교(溫嶠) : 진(晉)나라 사람. 일찍이 우저란 깊은 못에 이르렀을 때 사람들이 거기에 괴물이 살고 있다 하므로 서각(犀角), 곧 무소뿔을 태워 보니 괴물이 보였다 한다.

• 우정(禹鼎) : 하나라 우왕이 구주의 쇠를 모아 만들었다는 솥. 그 표면에 귀신의 형상을 그리게 하니, 백성들이 강이나 숲에 들어가도 귀신들이 부끄러워 모습을 나타내지 못했다고 한다.

들과 산속의 정령들이 일어나서 각기 재주를 자랑하기 시작했다. 어떤 자는 휘파람을 불고 어떤 자는 노래를 부르며, 어떤 자는 춤을 추고 어떤 자는 피리를 불며, 어떤 자는 기뻐하고 어떤 자는 뛰어놀았다. 그들은 노는 모양이 모두 달랐지만, 한 목소리로 노래를 지어 불렀다.

용왕님 연못에 계시니 어느 때 하늘에 오르서서
천만 년이 다하도록 그 복을 길이 누리시네.
예의로써 어진 선비 초대하시니 그 **엄전**한 풍모는 신선 같고
새로 지은 상량문은 옥구슬을 꿴 듯하네.
마땅히 옥돌에 새김으로써 천년 동안 전하리라.
저 선비 돌아가신다니 이 잔치를 벌였는가.
채련곡을 노래하고 빙빙 돌며 추는 신묘한 춤
둥둥 북소리 빠른 거문고 소리와 어울려
노 저어라 한 소리에 고래처럼 술 마시네.
예절 갖춰 돌아가니 그 즐거움이야 허물이 있으랴.

노래가 끝나자, 강의 신령들이 줄지어 꿇어앉아 시를 지

었다.

  그 첫번째 자리에 앉아 있던 조강의 신이 지은 시는 이러
했다.

  푸른 바다로 흐르는 물 쉬지 않고
  도도한 파도 위에 조각배 싣고 가네.
  구름 흩어지고 달그림자 물에 잠겨

閑暇
한가할한 틈가
4급 12획 4급 13획

조수 들어오니 세찬 바람 섬에 부네.
따스한 날에는 물짐승들 한가하고
잔잔한 파도 위엔 오리 떼 이리저리
해마다 배 가라앉아 슬픈 일 많지만
이 저녁 즐거움에 온갖 근심 풀어 보리.

두 번째 자리에 앉았던 낙하의 신이 지은 시는 이러했다.

오색 꽃그림자 겹자리에 드리우고
*변두와 악기는 차례대로 벌여 있네.
운모 휘장 안에서는 노랫소리 흘러나와
수정 발 드리운 곳엔 춤사위 느릿느릿
어찌 용왕님이 연못만을 다스릴까.
저 선비는 이전부터 덕 있는 몸이라네.
어찌하면 긴 끈으로 지는 해 잡아매어
화려한 봄 여러 날을 흠뻑 취해 볼까.

세 번째 자리에 앉았던 벽란의 신이 지은 시는 이러했다.

• 변두(籩豆) : 제사지낼
때 쓰는 그릇.

용왕님 술에 취해 금걸상에 기대시니

산에는 가랑비 내리고 벌써 석양이네.

신묘한 춤사위 비단 소매 돌아가고

맑고 고운 노랫소리 대들보에 새겨지네.

은빛 섬에 철썩거리며 외로움 달랜 지 몇 해일까.

오늘에야 옥잔을 높이 들고 함께 즐기네.

흘러가는 이 세월 사람들은 모르겠지.

고금의 세상 일이 너무도 번잡하네.

시 짓기를 마치고 용왕에게 바치니, 용왕은 웃으면서 읽고 사람을 시켜 한생에게 건네주었다.

한생은 이 시를 받아 꿇어앉아 세 번을 거듭 감상한 뒤, 그 자리에서 20운을 지어 지금의 좋은 일을 서술했다. 그 시는 이러했다.

천마산 우뚝 솟고, 박연폭포는 허공에서 곤두박질

아래로 떨어져 골짜기를 뚫고, 탕탕히 흘러 큰 물을 만드네.

물결 속에는 월굴이 잠겨 있고, 연못 밑에는 용궁이 숨어 있네.

변화의 신령스러운 자취 남고, 솟구쳐 하늘 올라 큰 공을 세우셨네.

연기 피어올라 엷은 안개 만들고, 기운 화창하니 상서로운 바람 부네.

하늘이 내린 명은 중하고, *청구에 봉한 작위는 고귀해.

구름 타고 하늘 조회에 참석하고, 비 내려 말 달리게 하네.

황금 대궐에서 화려한 잔치 열리니, 백옥 섬돌에서 음악이 울리네.

운기는 찻잔 위로 떠오르고, 이슬은 연잎 위를 적시네.

위의가 정중하니 예도가 바르다네.

의관이 찬란하니 환패 소리 영롱하네.

물고기 자라 모여 축하드리니, 강의 신령 또한 모이셨네.

신령스러움 어찌나 황홀한지, 감춰진 공덕 더욱 깊어지네.

동산에서 울리는 꽃을 재촉하는 북소리, 술단지에 드리운 무지개.

선녀는 옥피리 불고 서왕모는 거문고 뜯네.

백배로 술잔 올려, 만수무강 삼창하리.

運氣
옮길운 기운기
6급 13획 7급 10획

• 청구(靑丘) : 중국에서
우리나라를 일컫는 말.

연기 속에는 새하얀 선과, 쟁반 위에는 수정 같은 선초.

기막힌 맛에 목구멍 호강하니, 그 깊은 은혜 뼛속에 사무치네.

신선 기운이라도 마신 듯, 봉래산에라도 온 듯.

즐거움 다하면 이별이라, 풍류는 한바탕 꿈이런가.

자리를 메운 모든 이들이 기뻐하고 칭찬하지 않은 이가 없었다.

용왕이 감사하며 말했다.

"마땅히 금석에 새겨 용궁의 보배로 삼겠습니다."

한생은 절로써 답한 뒤 나아가 용왕에게 말했다.

"용궁의 좋은 일들은 이미 다 보았습니다. 웅장한 궁전과 넓은 강토를 살펴볼 수 있겠습니까?"

"좋습니다."

한생은 허락을 받고 문 밖에 나와서 눈을 크게 뜨고 바라보니, 다만 알록달록한 구름이 주위에 둘러 있어 동서를 구별할 수가 없었다.

許 諾
허락할 허 허락할 락
5급 11획   3급 16획

용왕은 구름을 불어 없애는 자에게 명하여 둘러싸인 구름을 걷도록 했다. 그는 대궐 뜰에서 입을 오므려 한 번 빨

아들이니, 하늘이 환하게 밝아지며 산과 바위와 벼랑이 사라지고 다만 평탄하고 넓은 세계가 펼쳐졌다. 그 모양은 바둑판과 같고 그 넓이는 수십 리나 되었다.

아름다운 꽃과 나무가 그 안에 가지런히 심어져 있고, 그 사이로는 금빛 모래가 깔려 있으며, 주위는 금빛 담장으로 둘러싸여 있었다. 그 행랑과 뜰에는 모두 푸른 유리 벽돌로 바닥을 깔았으니, 광채와 그림자가 서로 어른거렸다.

용왕이 두 사자에게 명하여 한생을 인도하여 관람하도록 했다. 한 누각 앞에 이르렀는데, 그 이름은 조원루였다. 누각은 파려로 만들었는데, 구슬과 옥으로 장식하고 누렇고 푸른 빛으로 꾸몄다. 누각 위에 오르자 마치 허공에 오른 것 같았다. 모두 1천 층이었는데, 한생이 맨 위층까지 오르려 하자 사자가 말했다.

"여기는 용왕님께서만 오르실 수 있습니다. 저희들 또한 그 위를 관람하지 못했습니다."

맨 위층은 하늘과 함께 솟아 있어, 속세의 평범한 사람은 도저히 오를 수 없었다. 한생은 7층까지 올라갔다가 내려왔다.

다시 한 누각에 이르렀다. 그 누각 이름은 능허각이라 했다.

觀 覽
볼관 볼람
5급 25획 · 4급 21획

한생이 물었다.

"이 누각은 무엇에 소용됩니까?"

"이 누각은 용왕님께서 하늘의 조회에 참석하실 때 의
장을 갖추고 의관을 장식하는 곳입니다."

한생이 청했다.

"원컨대 그 의장을 보여 주십시오."

사자는 한생을 한 곳으로 인도했다. 둥근 거울 같은 것이
번쩍거리며 광채를 발하고 있었다. 한생은 눈이 아찔하여
그것을 똑바로 볼 수 없었다.

朝 會
아침조 모일회
6급 12획 6급 13획

한생이 물었다.

"이것은 무엇입니까?"

사자가 답했다.

"*전모의 거울입니다."

또 북이 있었는데, 크고 작은 것이 서로 잘 어울렸다. 한생은 그 북을 쳐 보려고 했다.

사자가 한생을 말리면서 말했다.

"만약 이 북을 한 번 치면 온갖 물건이 모두 **진동**합니다. 이것은 *뇌공의 북입니다."

또 풀무와 비슷한 모양의 물건이 있었다. 한생은 그것을 흔들어 보려고 했다.

사자가 다시 말리면서 말했다.

"만약 이것을 한 번 흔들면 산의 바위가 다 무너지고 큰 나무가 뽑히고 맙니다. 이것은 바람을 일게 하는 풀무입니다."

또 청소하는 비와 비슷한 물건이 있는데, 그 옆에는 물항아리가 있었다. 한생이 그것으로 물을 뿌려 보려고 했다.

사자가 또 말리면서 말했다.

"만약 이것으로 한 번 물을 뿌린다면 홍수가 일어나 산

振動
떨칠진 움직일동
3급 10획 7급 11획

• 전모(電母) : 번개를 주관하는 신.

• 뇌공(雷公) : 천둥을 주관하는 신.

과 언덕이 물로 둘러싸일 것입니다."

한생이 물었다.

"그렇다면 어찌하여 구름을 불어내는 기구는 여기에 놓아두지 않습니까?"

"구름은 용왕님의 신력으로 되는 것이지, 어떤 도구의 움직임으로 만들어지는 것이 아닙니다."

한생이 다시 물었다.

"뇌공, 전모, 풍백, 우사는 어디에 있습니까?"

"그들은 옥황상제께서 깊숙한 곳에 가두어 함부로 나와 놀지 못하게 하셨습니다. 용왕님이 나오실 때만 그들을 모이게 하십니다."

그 밖의 기구들도 많았으나, 일일이 다 알 수가 없었다. 또 긴 행랑이 몇 리나 뻗어 있었고, 문은 금룡 형상의 자물쇠로 잠겨 있었다.

形 狀
모양형 형상상
6급 7획 4급 8획

한생이 물었다.

"여기는 어떤 곳입니까?"

"이곳은 용왕께서 칠보를 간수한 곳입니다."

한생은 허락한 시간 동안 구경했지만, 다 살필 수는 없었다.

"이제 돌아가고자 합니다."

"그러십시오."

한생이 돌아오려고 하니 그 문이 첩첩이 닫혀 가야 할 길을 알 수 없었다. 그는 사자에게 부탁하여 앞에서 인도하게 했다.

한생은 처음 잔치를 즐기던 자리에 도착하여, 용왕에게 감사의 뜻을 표했다.

"두터우신 은덕으로 선경을 두루 구경했습니다."

두 번 절하고 작별을 고하니, 이에 용왕이 산호로 만든 쟁반 위에 진주 두 알과 흰 비단 두 필을 담아서 **노자**로 주고 문 밖까지 나와서 전송했다. 강을 다스리는 세 신도 함께 하직하고는 수레를 타고 곧바로 돌아갔다.

용왕은 다시 두 사자에게 명하여 산을 뚫고 물을 헤치는 무소뿔을 가지고 인도하게 했다.

사자가 한생에게 말했다.

"선생께서는 제 등에 타고 잠시만 눈을 감고 계십시오."

한생은 그 말대로 했다. 다른 사자는 무소뿔을 휘두르며 앞서 인도하니 마치 허공으로 올라가는 것 같은데, 오직 바람소리와 물소리가 계속 들려올 뿐이었다.

이윽고 소리가 그치자 한생은 눈을 떴다. 그의 몸은 거처하는 방안에 누워 있었다. 문 밖으로 나가 보니 하늘의 별은 드문드문하고 동쪽 하늘이 밝아오고 있었다. 닭이 세 번 우니 시각은 오경인데, 문득 기억을 더듬어 품속을 뒤지니 진주와 비단이 있었다. 한생은 그것을 상자 속에 깊숙이 간직하여 **소중**한 보물로 삼고 남에게는 보여주지 않았다.

　그후 한생은 세상의 명예와 이익에는 미련을 두지 않고 명산으로 들어가니, 그가 언제 어디서 세상을 마쳤는지 아는 사람이 없었다.

所 重
바 소　무거울 중
7급　8획　7급　9획

시(詩)의 효과

〈금오신화〉 속 다섯 작품에는 중요한 부분에 반드시 시가 들어가 있다. 이 시들은 사랑을 좀더 애절하고 아름답게 만드는 등, 인물의 심리를 효과적으로 나타내기 위한 장치다. 따라서 작품 속 시는 그 배경이나 주제, 문체 등과 함께 작가의 개성과 독창성이 돋보이는 부분이기도 하다. 이와 같이 작품 중간에 시가 들어가 있는 것은 서정시가 유행했던 조선 전기의 문학적 경향을 나타낸다.

好樂好樂 한자 노트

앞전 | 총 9획 | 부수 刀 | 7급

배를 탄 사람은 멈추어(止) 있어도 그 배(舟)가 움직여 전진하게 된다 하여 '앞'을 뜻하는 글자이다.

前期(전기) : 일정 기간을 몇 개로 나눈 첫 시기.

前面(전면) : 앞면.

前文(전문) : 앞에 쓴 글.

前方(전방) : 중심의 앞쪽.

前後(전후) : 앞뒤.

生前(생전) : 살아 있는 동안.

내가 찾은 사자성어

앞전 대신할대 아닐미 들을문

前代未聞
전 대 미 문

내용 》 이제까지 들어 본 적이 없는 일.

서왕모(西王母)

중국 상고시대의 선녀이다. 《산해경(山海經)》에는 곤륜산(崑崙山)에 살며, 사람 얼굴에 호랑이의 이빨, 표범의 꼬리를 가진 신인(神人)이라고 되어 있다. 그러나 보통은 불사(不死)의 약을 가지고 있는 선녀라고 전해진다. 《목천자전(穆天子傳)》에 의하면 서주(西周) 전기의 목왕이 서방을 시찰하다가 곤륜산에서 서왕모를 만나 즐기다가 돌아오는 것을 잊었다고 전해진다.

뒤후 | 총 9획 | 부수 彳 | 7급

걸음(彳)을 조금씩(幺) 걸으니(夊) '늦고', '뒤진다'는 뜻이다.

後記(후기) : 본문 끝에 덧붙여 기록한 글.
後聞(후문) : 어떤 일에 관한 뒷말.
後方(후방) : 전선에서 비교적 뒤에 떨어져 있는 지역.
後輩(후배) : 같은 분야에서 자기보다 늦게 일하게 된 사람. 혹은 같은 학교를 나중에 나온 사람.

내가 찾은 속담

뒤에 난 뿔이 우뚝하다

» 뒤에 생긴 것이나 나중에 배우기 시작한 사람이 앞의 것이나 사람보다 훨씬 훌륭한 경우를 비유적으로 이르는 말.

등용문 첫번째 관문

내용 되짚어 보기

만복사저포기

전라도 남원에 사는 노총각 양생은 어느 날 만복사의 불당을 찾아가 부처님께 저포놀이를 청했다. 자신이 지면 부처님에게 불공을 드릴 것이요, 부처님이 지면 자신에게 아름다운 배필을 중매해 달라는 내기였다. 양생은 두 번 저포를 던졌다. 그 결과 양생이 이겼다.

양생은 불좌 밑에 숨어서 배필이 될 여인이 나타나기를 기다렸다. 그때 문득 아름다운 아가씨가 나타났는데, 이 여인도 부처님 앞에서 자신의 외로운 신세를 하소연하며 좋은 배필을 점지해 달라고 기원했다. 이를 본 양생이 그 여인 앞으로 뛰어나가 사연을 말하니, 두 사람은 마음이 통해서 하룻밤을 함께 지내게 되었다. 그런데 사실 이 여인은 인간이 아니라 난리통에 죽은 처녀 귀신이었다.

이튿날 여인은 양생에게 자기가 사는 마을로 가기를 권했다. 양생은 거기서 후한 대접을 받았다. 사흘 뒤 그가 돌아가게 되었을 때 여인이 양생에게 신표로 은주발 한 개를 주었는데, 그것은 바로 그 여인의 무덤에 함께 묻은 부장품이었다.

여인의 대상인 동시에 잿날인 다음날, 그들은 보련사에서 다시 만나게 되었다. 그러나 재가 끝난 뒤 두 사람의 인연도 끝나, 여인은 마침내 혼자서 저승으로 떠나 버렸다.

그후 양생은 그 여인을 잊지 못해 장가도 들지 않고 지리산에 들어가서 약초를 캐며 평생을 마쳤다.

취유부벽정기

개성의 부유한 상인 홍생이 유람을 겸한 장사를 위해 평양에 갔다. 그는 풍채도 좋고 한시도 잘 짓는 풍류객으로,

그곳에서 친구들과 어울려 놀다가 술이 거나하게 취하자 좋은 경치에 이끌려 홀로 부벽정에 이르렀다. 팔월 한가위의 밝은 달빛 속에서 지나간 역사를 되돌아보니 무한한 감회가 솟았다. 그의 입에서 나라의 흥망성쇠를 한탄하는 시구가 흘러나왔다. 이때 한 귀부인이 나타나서, 자신은 기자의 후손으로 나라가 망한 후 조상이라 말하는 신인을 따라 신선 세계에 가서 살고 있다고 말했다.

홍생은 부벽정에서 그 선녀와 시를 주고받으며 하룻밤을 보낸다. 그러나 날이 새자 선녀는 이내 하늘로 올라가 버렸다. 집으로 돌아와서도 그 선녀를 잊지 못한 홍생은 끝내 병에 걸리고 만다.

얼마 후 홍생의 꿈에 그 선녀의 시녀가 나타나, 선녀가 상제에게 추천하여 하늘나라의 벼슬을 얻어 놓았으니 하늘로 올라오라고 일러주었다. 그 꿈을 꾸고 난 뒤, 홍생은 목욕을 하고 옷을 갈아입은 후 분향하고 누웠다가 세상을 떠났다.

남염부주지

유학으로 성공하겠다는 포부를 지닌 경주의 박생은 공부를 게을리하지 않았으나, 과거에 실패하여 늘 우울한 마음을 품고 있었다. 그러나 그 뜻과 기상이 높고 빼어나 어떤 권세에도 굽히려 하지 않았지만, 남을 대하는 태도는 성실하고 순박했으므로 사람들은 모두 그를 칭찬했다. 그는 열심히 유교 경전을 읽고, 스스로 천하의 이치는 하나뿐이라는 '일리론'을 지어서 귀신이니 무당이니 불교 등의 이단에 빠지지 않으려고 애썼다.

어느 날 밤, 박생은 염부주에 가서 염라왕과 세상을 미혹시키는 사물에 대해서 문답을 하는 꿈을 꾸었다. 염라왕은 불의에 굴복하지 않는 박생의 강직한 기백을 장하게 여겨, 왕위를 물려줄 테니 세상에 잠시 다녀오라고 한다.

돌아오는 도중 깨어 보니 꿈이었다. 그 꿈을 꾼 지 몇 달 후 박생은 정말 세상을 떠났다. 그런데 박생이 막 세상을 떠나려던 날 밤, 이웃집 사람의 꿈에 한 신인이 나타나 그가 곧 염라왕이 될 것이라고 말했다.

용궁부연록

송도에 글 잘하는 한생이 살고 있었다. 하루는 푸른 옷에 복두를 쓴 두 사람이 하늘에서 내려와, 송도 천마산의 표연에 있는 용왕의 명령으로 그를 모시러 왔다고 했다. 한생이 그들을 따라 용궁으로 가니, 용왕은 출가하게 된 딸을 위해 새 궁궐을 짓는 중이라면서 한생에게 상량문을 지어 달라고 청했다.

한생이 곧 좋은 문장으로 상량문을 지어주자, 용왕은 기뻐하며 감사의 잔치의 베풀었다. 물속의 모든 물고기로부터 숲속의 도깨비와 산속에 사는 괴물들까지 나와 춤을 추며 흥을 돋우었다.

한생은 용궁을 두루 구경한 후, 용왕이 주는 진주 두 개와 비단 두 필을 받아 가지고 집으로 돌아왔다. 그러나 문득 깨어 보니 꿈이었다. 놀라서 품속을 뒤져보니 진주와 비단이 들어 있었다. 그는 그후 세상의 명예와 이익을 탐하지 않고 산속에 들어갔는데, 언제 어디서 세상을 마쳤는지 아무도 알지 못했다.

논술로 생각 키우기

1. '만복사저포기'를 통해 짐작할 수 있는 지은이의 삶과 당시의 현실에 대해 말해 보자.

2. '만복사저포기'의 사상적 배경에 대해 말해 보자.

3. '이생규장전'의 전기적인 특징이 잘 나타난 부분은 어디인가?

4. '이생규장전'과 '취유부벽정기'의 시대적 배경은 각각 언제인가? 작품 속의 사건으로 이야기해 보자.

5. '취유부벽정기'의 주제를 간추려서 말해 보자.

6. '남염부주지'와 '용궁부연록'은 몽유록의 일종이다.

몽유록이 무엇인지 쓰고, 몽유록 형식의 우리나라 고전 소설로는 어떤 것이 있는지 써 보자.

7. '용궁부연록' 에서 느낄 수 있는 작가의 생각을 말해 보자.

8. 〈금오신화〉의 문학사적 의의에 대해 써 보자.

9. 〈금오신화〉를 통해 알 수 있는 작가의 사상에 대해 말해 보자.

한자능력 검정시험 예상문제

다음 한자의 독음을 써라.

1. 故鄕

2. 景致

3. 興亡

4. 路資

5. 遺骨

다음 한자의 상대 또는 반대되는 한자를 보기에서 골라 써라.

보기	前　朝　助　高　始　易　異

6. 夕 – (　　)

7. (　　) – 末

8. (　　) – 後

9. 難 – (　　)

10. ( ) − 低

다음 한자의 훈과 음을 써라.

11. 知

12. 重

13. 廣

14. 必

15. 具

다음 낱말에 맞는 한자를 보기에서 찾아 ( ) 안에 써라.

보기	成	性	相	中	重	絶	切	路

16. 인상 − 人( )

17. 품절 − 品( )

18. 성공 − ( )功

19. 노선 − ( )線

20. 귀중 − 貴( )

보기에서 골라 다음의 사자성어를 완성하라.

| 보기 | 必 夕 石 傳 前 切 間 |

21. ( )磋琢磨

22. 犬猿之( )

23. 朝變( )改

24. ( )代未聞

25. 信賞( )罰

다음 한자의 총획수를 써라.

26. 早

27. 作

28. 村

29. 相

30. 庭

다음 문장 중 밑줄친 단어와 같은 뜻을 가진 한자를 보기에서 골라 써라.

보기	低 廣 亂 難 中 重 未 末

31. 끝이 좋으면 다 좋다.

32. 우리 집은 지대가 낮아서 올 여름에 물난리를 겪었다.

33. 남자는 입이 무거워야 한다.

34. 좁은 집에서 넓은 집으로 이사하니 속이 시원하다.

35. 어려운 문제가 있으면 망설이지 말고 나를 찾아와.

다 풀었나요?

이제 여러분은 마지막 관문을 통과했습니다.

축하합니다.

〈두 번째 관문〉 논술로 생각 키우기 예시 답안

1. 지은이의 삶 : 지은이 김시습이 일찍이 부모를 잃고 외가에서 자란 것, 불교에 심취했던 것, 세상과 인연을 끊고 금오산에 들어가 혼자 살았던 것 등은 주인공 양생의 삶과 비슷하다.

당시의 현실 : 세조가 어린 조카 단종으로부터 왕위를 빼앗은 사건 이후 김시습은 속세를 떠나 승려가 되었다. 여인이 왜구에게 죽

음을 당하면서까지 정조를 지킨 것은, 세조에게 맞서 끝까지 단종에게 충성한 지은이의 의지를 나타냈다고 할 수 있다.

2. 불교의 연(緣) 사상이 강하게 깔려 있다. 즉 모든 일은 많은 원인과 조건이 서로 관계되어 이루어지므로 독립적인 것은 하나도 없으며, 조건과 원인이 없으면 결과도 없다는 사상이다. 여기서 직접적인 원인을 인(因)이라 하고 간접적인 원인을 연(緣)이라 하는데, 이것이 바로 인연이다.

3. 어렵게 이루어진 이생과 최씨 처녀의 사랑이 홍건적의 난으로 깨지면서 이야기는 전기적(傳奇的)인 것이 된다. 난리가 끝난 후 최씨 처녀의 옛 집을 찾아간 이생은 죽은 몸으로 그 집에 살고 있는 아내와 다시 만난다. 죽은 아내가 이승으로 내려와 살아 있는 이생과 다시 인연을 맺는 것이다.

4. ‘이생규장전’은 홍건적의 난이 등장하는 것으로 봐서 고려 공민왕 시절, ‘취유부벽정기’는 동명왕과 수(隋)나라가 등장하는 것으로 보아서 고구려 멸망 후라는 것을 알 수 있다.

5. 이 작품의 주제는 고도(古都)를 보며 느낄 수 있는 인간사의 무상함과, 위만과 기자조선에 얽힌 지나간 역사로 비유되는, 세조가 단종으로부터 왕위를 빼앗은 데 대한 비난이라고 할 수 있다.

6. 몽유록이란 현실세계의 주인공이 꿈을 통해 다른 세계로 들어가 여러 가지 경험을 하고, 꿈에서 깨어 다시 현실세계로 되돌아온

다는 이야기이다. 우리나라 고전소설 중 몽유록 형식을 가진 것으로는 〈운영전〉, 〈원생몽유록〉 등을 들 수 있다.

7. 주인공 한생은 현실세계가 아니라 꿈속의 용궁에서 용왕의 딸이 살 궁전의 상량문을 지어 칭찬을 받는다. 이와 같이 자신의 재주를 알아주지 않고 재능을 발휘할 만한 기회를 얻지 못하는 현실세계 대신 용궁이라는 이계(異界)를 택한 데서, 지은이의 현실에 대한 강한 불만과 문제의식을 느낄 수 있다.

8. 인간성을 긍정하고 현실 속에서 제도·인습·전쟁·인간의 운명 등과 강력하게 대결하는 인간의 의지를 표현했으며, 고려시대 설화문학을 계승하여 소설이라는 문학의 양식을 확립, 우리나라 소설의 출발점을 이룬다는 점과, 후대소설에 큰 영향을 주었다는 점에서 매우 중요한 문학사적 의의를 지니고 있다.

9. 지은이 김시습은 유교를 믿으면서도 불교·도교의 원리를 받아들여 하나의 학문적 체계를 이루었다. 따라서 〈금오신화〉에도 유·불·도의 색채가 골고루 잘 나타나 있다. 그는 유교의 가르침을 근거로 하여 세상 사람들의 귀신 숭배, 기도 행사 등 사람들을 속이고 세상을 어지럽히는 모든 행동을 배격했고, 나라를 다스리는 임금은 반드시 덕망이 있고 백성을 사랑해야 하며, 무슨 일이 있어도 무력으로 백성을 억눌러서는 안 된다는 점을 강조하고 있다.

〈세 번째 관문〉 한자능력 검정시험 예상문제 해답

1. 고향	10. 高	19. 路	28. 7획
2. 경치	11. 알 지	20. 重	29. 9획
3. 흥망	12. 무거울 중	21. 切	30. 10획
4. 노자	13. 넓을 광	22. 間	31. 末
5. 유골	14. 반드시 필	23. 夕	32. 低
6. 朝	15. 갖출 구	24. 前	33. 重
7. 始	16. 相	25. 必	34. 廣
8. 前	17. 切	26. 6획	35. 難
9. 易	18. 成	27. 7획	

일석이조, 우리 고전 읽기 006

금오신화

초판 1쇄 인쇄 2008년 6월 25일
초판 1쇄 발행 2008년 6월 30일

지은이_ 김시습
글쓴이_ 이경애
펴낸이_ 지윤환
펴낸곳_ 홍신문화사
출판 등록_ 1972년 12월 5일(제6-0620호)
주소_ 서울시 동대문구 용두 2동 730-4(4층)
대표 전화_ (02) 953-0476
팩스_ (02) 953-0605

ISBN 978-89-7055-165-4 03810